高原野花

GAOYUAN YEHUA

名家植物手记系列

辛茜 著

长江出版传媒 湖北科学技术出版社

序

旁出的枝杈上结出的异果

唐荣尧

评价一个陌生人的作品有时很容易——它出自内心忍不住的欢喜与冲动；而评价一个熟人的散文有时却很困难——因为它往往掺杂着友谊与发自内心的尊重及爱。面对辛茜的文字，内心的感触就无法用前面这几个词简单概括，因为她对我而言是个“熟悉的陌生人”。熟悉是因为之前在一些刊物上读过她的不少作品，而陌生，则是因为有关她的个人信息我一点都不知道，我只是以一个前诗歌评论者的身份与直觉，从她的文字中看出，她模糊的身份是置于西部青海的大轮廓中的一个散文作家。

此时，当她描述青海高原野花的散文作品，以合集的形式呈现在我面前时，我看到漫天遍野的野花向天地呈现出盛大的璀璨。她在其中，时而躬身细察，细嗅格桑；时而奔跑如虎，花香沾鞋；时而端坐如王，成了大地花冠上的钻石；时而引经据典，成了青海野花的推介者。

一个散行者的身影，踩着花香与文字，向我走来。她从青藏高原东缘海拔相对较低的民和县天井峡出发，以一朵于早春冰雪尚未消融的峡谷里独自盛开的鳞叶龙胆为起点，沿着大地的台阶拾级而上，逐步完成了自己的寻花之旅。这不由得让我想起美国现代诗人埃德娜·圣文森特·米莱的那首《出走》：“我不在乎我将走哪条路；这道通哪儿，我也不在乎。出这屋就行，免得心碎掉；我一定得走，得另找去处。”

她的去处究竟在哪儿？龙胆、委陵菜、全缘叶绿绒蒿、曼陀罗、大花杓兰、报春、百合、鸢尾、马先蒿、茜草、互叶醉鱼草、水母雪兔子、点地梅、匍匐水柏枝等一一出现在她和读者的眼前，走近这些高山花卉的方式不外乎是有时开车、有时骑马、有时步行，让我看着看着皱起了眉头——这不是典型的游玩式赏花吗？

且慢，跟着她的笔触而行，一件矫正器不停地在我内心工作，矫正着我的偏见、臆想，甚至不怀好意的揣测。在我眼前晃动的不再是一群植物的样貌，而读到的也不仅仅是貌似宏大的对大地植物的情怀。读到的辛茜，就是柏拉图在《蒂迈欧篇》中称作的“属天而不属地的植株”。这女子，哪是在高原寻花？哪是兀自在野花中沉醉？她是给自己安上了飞翔的翅膀，让她的足迹跨越大坂山、青沙山、洮河上游、孟达天池、土门关、祁连山、岗什卡雪峰，让她登上昆仑雪域，踏遍遥远而寂寞的可可西里，扩展着自己的植物之路，也让她自由翱翔在自己的文字营构的世界中，干净、高蹈且诗意荡漾。她将蓍草从《易经》的深土里拽出，找出它被古人占卜的骄傲；她将青藏的茜草嵌入《茜草为红》的散文集里，试图保留父亲对她的一份简朴的希望——“成为一棵保持质朴、藏于密林和草丛间的小草”。

她从清澈如玉的黄河边，走到了辽阔无际的荒野。从少年时代在草丛里寻找快乐，到中年时期踩在一枚枚植物叶片上书写情思与智慧，她静静地把草木之心上的尘埃仔细拂去，把情感交付给笔，尽情挥洒。在她的笔下，草木不再是高原的惊艳、装点，而是青海大地的笑容，既是那片神奇大地上生命的独处，又何尝不是一场场花的集体狂欢、一次次献给季节的颂唱？

20世纪下半叶，世界文坛兴起了一种新的文学流派——生态文学。它以描写自然为主题，以探索人与自然的关系为内容，展现出一道亮丽的自然与心灵的风景线，成为世界文学中令人激动不已的领域，也形成了从拉尔夫·瓦尔多·爱默生到亨利·大卫·梭罗，从约翰·缪尔到米哈伊尔·米哈伊洛维奇·普里什文、奥尔多·利奥波德，这样一个似大海般浩瀚的黄金作家链条。相对而言，中国作家在这个领域总是缺乏建树，特别是缺乏坚守某个植物领域并对其给予足够的观察和书写的毅力。即便是对高原植物的书写，我们一张嘴，估计首先说出的还是百年前在丽江地区采集植物种子的美国人约瑟夫·洛克，或者是大老远从英国跑到中国的川西高原上的欧内斯特·亨利·威尔逊。因此，当辛茜为我们打造出的高原上的花园集体亮相时，相信是有着独特意义的。

植物是上天赐给人类的礼物，没有植物，世界不复存在。以一朵朵开在高原的野花为写作题材，诠释高处的植物生命力量，探究人与自然之间的关系，注重生态系统的整体观，成为辛茜近年来写作的主要方向。作为一个出生在青海高原的写者，高原独特而浪漫的自然环境、多样化极具魅力的生物特点，决定了辛茜写作中与自然有关的思想、态度，不再只从人的个体意识出发、以人的利益为价值判断。她关心的不仅仅是野花的娇容、色彩，还有野花的生存环境，野花给予人类的恩惠，野花如何顽强地使自己的生长、繁衍适应不断恶化、艰苦的环境，在适应中改变自己，发展自己，求得和谐与稳定的方向。其实，走向荒野时，辛茜已经把自己当作一粒移动的种子，这才有了她文字中的那野性的盛开。

平原上开放的野花，甚至有些生活在热带的物种，都能在高原寻觅到踪影，她们不会因高原的贫瘠和寒冷，便轻易离开，也不会因自己植株矮小的形态而看轻自己。野花不同的个性和生长习性，表现出了她们在海拔日渐增高、极度缺氧的环境中不可思议的韧性和意志。而认知这种韧性和意志，需要敢于进入青藏腹地的勇气和长时间的知识积累。这让我想起美国自然文学之父、著名散文家约翰·巴勒斯在他的成名作《醒来的森林》中的那段话。

有一位诗人曾经问过我："你不用猎枪就能说出所有鸟的名字吗？"

对此，我不敢自信地做出肯定的回答，但是我能做到的是，使人们了解我听到的"黎明时在赤杨树枝上唱歌"的麻雀，以及那"河流与天空"。

也许应该说，我想极力地表现的是一只活生生的鸟，是一只在原野或森林中自由生活的鸟，以及表现出它们生活环境周边的景致，而并非只是想表现出一具被分类的鸟类标本。

这就让我对辛茜产生了敬意，她不需要将在青海大地上所见的花草采摘下来，带到大学或研究机构，向专家学者们请教此为何草，那为何花。在向高原前行、认识野花的过程中，她常常俯身在一朵微弱的小花面前，留恋不已；在丰满盛大的全缘叶绿绒蒿前尽情欢唱；在精致玲珑的绶草身旁咏叹；在仰望着可可西里最后一朵叫不出名字的野花时，感动落泪。她感受到的是，所有物种都是生态系统的一部分，所有物种都在相互依赖的条件下生存，所有物种都在以自己的方式追寻自身的价值。为此，在大自然面前，她学会了思考和辨识，学会了以全新的意识、心态，用散文的方式呈现人与自然之间的关系、人与世界之间的关系。

辛茜不仅写自己见到每一朵野花时的感觉和体验，新鲜和美好，而且还把自己对生、对死，对青海高原更深、更透、更浓的理解融入其中。站在每一朵野花面前，辛茜从不同的角度，去发现、去领悟野花生存的真谛。因为一朵野花的出现，联想到浩瀚自然中生存的自由与艰难，生命的脆弱与伟大。这是辛茜由城市走进壮美山河、寂寥荒野、无花雪地时，身心双重的朝圣与历险，是文学的诗意与野生花卉的知识合为一体的散文式写作。

时下的散文越来越生活化、情绪化，当青藏大地成为旅游文学的消费品时，我看到辛茜面对一条貌似壮阔的大路、开满野花的大道，早就选择了轻微转身，向自己认定的那条青藏草木之路孤独行去，甚至，她早就将写字桌安放在了那繁花盛开的青藏大地上。除了青藏高原上的一名作家外，她通过这本书，还有了个新的身份——一座辛勤耕作于纸上青海花园的园丁，一个领你通往实景青海花园的向导！

那条旁出的枝杈上，结出的，一定是属于她的异果。

目录

辑一 春天之旅 / 001

辑一

春天之旅

CHUNTIAN ZHI LÜ

春雪

下雪了。我爱你
坦荡荡的面容
真想昼夜贴着你的双唇
让心跳，融化凝固的岁月

和你的影子在大雪中漫步
据说那样就可以白头到老
这假想的厮守终生
竟让我如此动容
下雪了，下雪了
愿最后的雪融化在你的胸膛

写下这几行字的时候，春雪降临，白茫茫的青海高原如同雪国。但高原上，春意萌动，湿地里的苔藓，甚至零星生长在草地上的米蒿、白花枝子花、镰荚棘豆，也开始舞动起身子。看上去枯黄、平淡的河谷灌丛、高寒草甸、沼泽，以及生长在流石坡地上的点地梅、晶晶花、微孔草也在不知不觉中发生着变化。

一对小鸟欢快地飞进树丛，朝着心爱的人吱吱鸣叫。清脆悦耳的声音似童音，如天籁传到了我的心里。

远处的风景一一呈现。土地变换着颜色，夹杂着成熟的气息，扑面而来。每一寸土地都因生命的簇动绽放生机。

眼里满是陶醉，有着狂野的欢喜。树木、草原、花草、河流和天空都在帮助人释放。我大胆呼应，在旷野中模仿着野兽与鸟雀的叫声，盯着飞来的群鸟……斑头雁已经从孟加拉湾起航，就要飞临青海上空。可是，远方的爱人，你何时返回故乡？

相传 3000 多年前，西周天子周穆王姬满，曾坐日行三万里的八匹骏马，由京城出发，千里迢迢，沿天山到瑶池，会见西域部落联盟的首领西王母。想当年，瑶池“神池浩渺，如天镜浮空”，西王母端庄、美丽又高贵。周穆王如痴如醉、不得不归时，郑重举酒，“比及三年，将复而野”。但最终，周穆王没能兑现自己的诺言……

假如想把自己的身心置于心驰神往的地方，就要有固守寂寞的勇气、持之以恒的力量；假如不能和心爱的人在一起该怎么办？佛说：“不在一起就不在一起吧，人的一辈子没那么长！”

自然总是美的，诠释着造物主最神奇的创造力和慧心。人心要像仆人一样忠于自然，从植物伸展出的一根根枝条，从花朵开放的一蕊一瓣中汲取营养。

人们常说，“有不满才有所成，幸福的最后归于平静”。

这平缓的话语，时时在耳边响起，感觉是说给大山、给河流、给岩石、给植物、给爱人听的，也是说给自己听的。

将自己置身于无边的寂静中，能听到什么呢？

高山是一首乐曲，在身边呢喃絮语。风高高在上，驱动着棉花一样轻柔的云朵。一缕温柔的光线照进峡谷，让峡谷开满野花，摇曳中的野花折磨着我躁动不安的头脑和心绪。

云的飘逸带走了峡谷的亮光，水泼在脸上，我用双手梳理了一下长发，一直不能让我满意的长发。然后，伸展身子，仰望绿叶、苍穹，沉默不语。

一个又一个春天过去了，草原上的花儿开了又开。

当我再一次面对草原，面对湖泊、花朵、蓝天，内心依然安宁平静。依然能够坦然接受命运的安排，以修行的方式对待自己、生活和劳动。

雪在山顶上，上升的白云跟着阳光走。因为有了爱，心在飞翔。紫花、蓝花、黄花在小河边，在青草里，在我湿润的心房里、眼睛里。一切均有约在先。欣悦、欢快、痛楚，与大地感同身受，蕴藏的激情和思想也和周围的一草一木一样旺盛饱满。

一切终于长大。迎接我的，是与自然同样巨大的变化。不同的是，人的生命只有一次，但是，花娇媚，草妖娆。曾经写过的诗行、理想的篇目，均是对高贵的精神的赞美和担忧。想到这里，眼泪顺着面颊往下流，最炽烈、最无私的爱，沿着一望无际的草地徐徐展开……

莲花出自淤泥，却不因泥土容纳污浊而沾染一丝尘土。高贵的精神是敬业、敬物、敬人、敬天地、敬生命、敬自我，独立的思想和自由的精神需要努力才能抵达。

人生是不缺乏美丽的，缺乏的是对美丽的信任。

自然的灵动与美微妙而平衡，而动物、植物比人类更有灵性，它们代替人类思考，有着寥若星辰的种种情愫。

少年阿多尼斯，为了安慰为自己的死而悲伤的恋人维纳斯，转世为侧金盏花；阿波罗悲叹美貌的年轻人雅辛托斯的死，把情人的倩影变成了风信子。由此看来，把自己想象成一朵开在草地上的紫菀，不是不可以啊！行走在草原上的我，时刻幻想能同植物一样，重新发芽，或者，干脆转世成草原上的一朵紫菀，把幸福寄托于灵魂的皈依。

只要这个世界存在，就作为美丽的野花活下去。以野花那颗纯洁的心，在雪中承受天地恩赐、爱的滋养。雪在山顶上，上升的白云跟着阳光走。湖岸的花在小溪边，在青草里，在我的眼睛里。就这样，我一边体验植物的青春、色彩和生命，一边同她们一起沐浴阳光，吸纳空气，接受风雨的历练。

我漫无目的，也不如信徒虔诚，只在春天的露珠上、夏天的湖水里、秋天的落叶间、冬天的风雪中，在世界上最年轻的山脉、丰腴的牧场，寻觅着我心中永不衰竭的美。

牵牛花

春之将至，我一边沉浸在万物萌生的喜悦里，一边又不免徒生伤感，觉出岁月的无情。想起李叔同的诗《悲秋》：“西风乍起黄叶飘，日夕疏林杪。花事匆匆，梦影迢迢，零落凭谁吊。镜里朱颜，愁边白发，光阴催人老。纵有千金，纵有千金，千金难买年少。”

春节的一天，阳台上育有攀缘植物红宝石的花盆里，冒出几枚绿叶，很快又探出一朵紫色的牵牛花。这才想起，是去年秋天从山上采回来的几粒种子，在这方寸之地扎了根。

从那天起，每天睁开眼睛的第一件事，便是到阳台上欣赏那新生的花朵，看她如何在晨曦的微明中轻轻绽放，又怎样在阳光的浓烈中渐渐衰弱凋零。黄昏的时候，她小小的身躯，已吐尽芳华，躺在了地上。

小时候，祖母、姥姥的庭院里，都是牵牛花。深紫、浅紫、蓝色，花园里、墙角下随心所欲地开放。但是，比起院中的大丽花、牡丹、芍药，牵牛花总是显得谦卑、含蓄。躲在碧绿宽大的叶子中间，于高原的春夏，含笑迎风，默默地送来美意。过了正午时分，牵牛花会慢慢闭合，掩起秀美的身姿，给欣赏她的人留下遗憾。此时，牵牛花有着悲剧的、令人叹息的美。如今，安宁的，让人能独自端坐良久的，不觉得清冷、孤寂的庭院不存在了，代之而起的高楼大厦，挡住了人的视线，挡住了人的心，也让奔波于尘世、挣扎在生活中的人，忘却了花的优雅、花的清香，变得越来越冷漠。春节期间，牵牛花盛开，这偶然得来的快慰，真让人有些喜不自禁！更何况，牵牛花的叶茎长得如此之快，每天都有簇新的叶片和待放的蓓蕾让人惊奇，每天都有意想不到的花朵，藏在密叶的身后静静开放。起初是一朵、两朵，后来是三朵、四朵。今天需要插进去一根细棍支撑，明天又需要一根更长更粗壮的给她支撑，给她提供繁衍、生息的场所。

之后我又发现，前一天在余晖里，细细数好的花苞，到了第二天，会开出意想不到的数量更多的花。今天早上，天色有些阴暗，灰蒙蒙的空中，飘着轻盈的雪花。可是，牵牛花依然如故，悄悄开放，而且有了 19 朵。

今朝蓓蕾、明朝鲜花的日子在春节期间一直延续。开学前，不爱多说话的儿子也开始数起了花，不像是百无聊赖、无所事事的样子。儿子离开家去泉州上学后，寂寞的我，观察得更为仔细。白天拍了照片发微信，晚上还要打电话给儿子汇报。这其中的快乐与感动慢慢渗透，进入心底，让我和儿子共同的牵挂和慰藉延长了很久。不仅如此，更多的朋友和我一起分享了这种幸福。

朋友琴是青海民族大学的心理学教授，正就读清华大学心理学专业博士。春节回来，在我家里，见到蜷缩在一起、娇弱无力的牵牛花，似有所悟，希望能在某一天的上午亲眼看到牵牛花初开时艳丽清新的模样。女画家淑涵听了我的叙述，于一天的早上，特地赶来赏花，顾盼良久，终一睹芳泽。回去后用她擅长的技法画了一幅很美的丙烯画，送给了我。还有擅长书法的朋友建忠，专程去公园的花卉市场买了花盆，种下我送他的花籽。第一朵花开放的日子，竟喜不自禁地打来电话告诉我喜讯。

这会儿，我又被我的朋友感动了。其实，每一个人的内心，都藏着一颗爱美、易感、脆弱的心。只是，平日被琐事缠身，忘记了自己缺失的和需要的。如今，面对灿然的花朵，每一个人又都不由得怦然心动。

在日本工作了20多年的中学同学元珠回家，听我提起此事，大为感慨。她告诉我，牵牛花在日本还有一个极温润的名字——“朝颜”。这名字，似乎更美，更忧伤，让我时刻铭记。她只是一朵在晨光中绽放笑颜的花，虽然短暂，却极尽芳华。这怎么能不让我对这素朴的花心生敬意，也对日本人清淡的审美，以及对细小事物的敏感，有所顿悟。

近些天来，对着开放的牵牛花沉思，看着她清秀素净的面容，闻着沁人心脾的芳香，总是有许多值得我想念的人和事袭上心头。原以为，已经过了悸动的年龄，但是，对着一朵浅紫的小花，我仍然有着无尽的期待和担忧。有时候，竟会忍不住落泪。

牵牛花是夏天开花的草本植物，能在早春的阳台上先睹为快是因为温暖的阳光。牵牛花的别名有喇叭花、草金铃、东云草、碗公花、黑丑、白丑、牵牛子。牵牛花和人一样受自然所赐生存，又因自然规律消亡，和优秀的智者一样，盛开时不矜夸，衰谢时不悔恨，一切听从天命，听从自然的召唤，却又用极短的寿命诠释着生命的最高境界。

为了眼前的生活，为了某种理想，大自然中的一切都须听从心灵的声音，在属于自己的肤寸之地悄然开放。

人世间，没有永恒的美，也没有永远的爱。如果失去了爱，唯愿心随风而走，无怨无哀。

麟叶龙胆

春天来临，一颗花的种子，飞到了青海湖。

所幸没有被鸟吃掉，让青海开满鲜花。所幸被我遇到，让鲜花开满人间。

大地花开鸟鸣的时候，只有喜悦，只有满足。在旷野上奔跑的我，比平时也显得妩媚一点。穿过田野、草原与荒漠，我始终在朝圣中历险。我的朝圣是为着新鲜的野花，开在河边，开在畔野，开在高山的野生花卉；是为着在野生花草的妍美中沉醉。

当伟大的、高贵的、英雄的、年少的、年长的男人、女人倒下并消失，每一片绿叶与花朵，却一如既往，惊人地重现在丰富而优美的土地上。植物、动物和人，灾难和战争都无法阻止大自然的富饶。平原的花开败了，高原上的花才刚刚吐蕊。河边的花肥硕丰满，湖畔的花虽纤弱却显得格外坚强。

3 月 5 日，一个不寻常的日子。

我迫切地前往青海东部，寻访野花。

海拔 1600 米，大通河、湟水、黄河三川交汇的河湟流域，是青海开发较早的地区。大通河乃湟水支流，位于青海省东北部，是黄河上游最大的支流，又称浩门河。于宋代在河畔筑大通城后出现今名，以长度和流量论，实为湟水正源，其发源于海西州木里镇祁连山东段托来南山和大通山之间的沙果林那穆吉木岭。湟水向东流经祁连、门源盆地及甘肃连城、窑街，穿流于河西走廊南山—冷龙岭和大通山—大坂山两大山岭之间，于民和县的享堂汇入湟水，总长554千米。

河湟流域自然风光旖旎，历史人文独具风情，河流沿岸留下的新石器时代文化遗址——马家窑文化、齐家文化、辛店文化和卡约文化，述说着沧桑的人文历史，留下来的彩陶像一条河流淌在湟水谷地。民和，是青海省最低的地方。当然，所谓低是相对的。每年农历七月在此举行的世界最长的狂欢节“纳顿”，几乎是黄河自源头卡日曲流经青海东部农业区时,给人们留下的一道精神大餐。

凯章是海东人，一边开车，一边同我讲着“纳顿”的欢快与热闹。

不一会儿，就让我在遐想中进入了早春的民和天井峡。

山顶被白雪覆盖，河里还浮动着冰块。凯章在前面带路，我跟在他身后。祁凯章是一位迷恋野生植物摄影的先生，务实而朴素，且熟悉青海野生植物的分布情况。才走到山坡，就已经嗅到了来自林间的气息。河谷两边，茂密的树丛中，树枝发出了新鲜的嫩芽，红色、黄色。我触了一下棕色的芽苞，她似乎马上就要开裂。

枯黄的草丛中存有去年珠光香青、藏茵陈的枯枝，失却了水分的米黄色干花还留在枝头。走了两个多钟头的山路，还不见期盼的花。我有些着急，凯章却不动声色，这是他常来的地方，估计不会失误。

两只杏黄色的蝴蝶在我面前翩翩舞动，我的镜头怎么也捕捉不到它跳跃的身影，落在草丛中时找不到，一飞起来，又惹得我满眼翻飞，只好顺着它飞去的方向，大着胆子踩上一块浮冰摇摇晃晃渡到对面。对面山上，更多的草显出了绿意，一棵大树下，四小片报春的新叶间长出了花苞，估计再有几天就要绽开啦。

踩着河边的石头走了一段路，还是没有寻找到一朵花。凯章说，去年这时候，已经能够在这一带见到莸荆条的花，今年温度偏低，可能会在晚些时候开。又在山坡上走了一个多钟头，脚下的土松软湿润有了弹性，薄雪在脚下清脆作响，犹如弹唱，犹如奏曲。野花许是打算过两天才露面吧！

我们正打算返回，下周再来。可就在这时，天公作美，不忍心让我空跑。湿润平展的沟沿上，恍如隔世般，出现了一朵小小的蓝色的花。我屏住呼吸贴近了看，认出这朵小花就是享誉高原的名花麟叶龙胆。

她是如何穿透寒冷气息来到这严寒大地的，我并不知晓。但是，如果没有爱，怎么可以有这样的勇气。我无限欣喜，又无限爱怜地俯下身子，动情地望着这朵可爱的小花。这就是我日思夜想、苦苦寻觅，开放在早春的第一朵花，也是远方的朋友希望变成的那朵花。对此我深信不疑。

雪水漫过树林，鸟鸣时而传来。我蹲在地上，埋下头，与这朵可爱的麟叶龙胆默默相对。

春寒料峭，气温还很低，在尚显枯燥，甚至荒凉的土地上，一朵娇小的麟叶龙胆，孤零零地，悄然开放在冷僻的峡谷里，没有任何花朵相伴，就连羸弱的叶片似乎也超出了自身的承受力。但她又是这样的自信、鲜亮、生动。在阳光下，跃动着生命的喜悦，释放着春意。

是我的影子遮挡住了光线吧，这敏感、羞怯的蓝色花瓣又轻轻地闭合了。我站起身，动动麻木的双脚，远远注视，直到她重又开放，露出娇美的面容。这不是和受到惊吓的天鹅一样嘛，植物、动物和人有着相同的特性，都容易受到惊吓、受到伤害。

想起挎着的相机，我匍匐在地，小心翼翼地拍下了这朵在黄色土地、绿叶衬托下，无比清秀、无比脆弱的花。

想不到，春天的第一次出行有这么大的收获，亲眼看见了开在青海高原上的第一朵花。请教高原生物研究所从事植物研究的学者，他说，你们可真行。我在青海多年，考察到的第一朵花开放的时间，至少比这个日子往后推半个月。我为此激动不已，久久不能平静。

微不足道的小花，对 3 月里遍地鲜花、春意盎然的内陆地区算不了什么，可是对依旧荒凉、寒冷的青海高原却显得弥足珍贵，这或许是生活在平原上的人无法理解的。

春天短暂，令人迷惑。这是我第一次，在高高的山坡上，这么早，这么近距离地与高原的春天相逢。我看到了半闭半合的天空，看到了火神与土地的交合。如果不是站在这山坡上，我一定会毫无顾虑地投入爱人的怀抱。

龙胆、报春、杜鹃、绿绒蒿是世界上公认的高原四大名花，在青海高原分布深广。龙胆花的颜色以蓝色居多，是那种见过一次便无法忘记、无法用言语形容的蓝。蓝得干净，像孩子的瞳仁；蓝得透明，像高山上的清泉，无一丝沉渣。

鹅绒委陵菜

早春的气息渐渐浓郁，代替了冬日酷寒。微风吹拂在脸上，能感觉到淡淡的暖意。青海东部的互助五十乡，虽然偏僻，却是一个有名气的村子。卓玛山上的藏传佛教寺院佑宁寺，建于明朝万历三十二年（1604 年）。清康熙年间，它的规模、影响曾一度超过远近闻名的湟中塔尔寺。

沿着山路往上走，翻过两座山头。形似金字塔的阿弥东索山出现在眼前。山顶上还有积雪，山下未开垦的庄稼地宽阔、平坦，还不到播种的时候。仔细看时，山坡上干枯的黄草丛中，一些小草已经隐隐泛绿，有了生气。

时值正午，太阳晒在脸上，有些灼热，腿也开始发困发酸，但心里是高兴的，一点也不觉得沮丧。

凯章很快下到谷地。我落在后面踏着山羊走过的脚印，摇摇摆摆前行。一片密密的黑刺林挡住了去路。这是青海常见的灌木，秋天会结出红红的果子，酸极了。我停下来打算喘口气，一群山羊从山下经过，咩咩叫着。我大着嗓门，冲着羊群学它们的叫声，声音在空旷的田野里传得很远，很远。有意思的是，羊群误以为是头羊发出的声音，纷纷向山上跑来，我得意极了，站在山坡上使劲挥手。这下，羊群立即知道上了当，停下脚步，迟疑着不再前行。看来羊一点儿也不笨，我比它们聪明不了多少。我跳下土坎，绕过眼前长势茂盛无法穿过的黑刺林，磕磕碰碰来到山脚下。凯章趴在地上一个劲地拍照，顾不上喊我。仔细看时，两朵金黄色的鹅绒委陵菜静悄悄地躲在一处向阳的山坡上，像一对孪生姊妹，互相依赖、互相照顾。

印象中，蔷薇科的鹅绒委陵菜，生长在海拔2000米到4000多米的草甸、河漫滩。能在这片等待播种的土地上见到，特别是早春的正午，还真有些喜出望外。两朵花的叶子已经张开，正面颜色深绿，背后有白白细细的绵毛，宛若鹅绒，怪不得叫鹅绒委陵菜。她们像网一样平铺在地面上，伸向四方。夏季，鹅绒委陵菜会长出很多紫红色的须茎，再长出纺锤形或球形的植株，秋季采挖出来后洗净晾干，可熬粥、做八宝饭，富含淀粉、维生素及镁、锌、钾、钙，还可健胃补脾、益气补血，所以被人们称为人参果，也称蕨麻。青海南部和海北高寒地区长出来的鹅绒委陵菜体圆肉肥、颗粒饱满、色泽红亮，牧民很喜欢食用，可做甜食。但是，跟《西游记》齐天大圣大闹天宫里的人参果不太一样。

青海藏医把很多奇奇怪怪的东西都视为有奇妙效用的药，重新起了名字，所以鹅绒委陵菜还有另外一个名字——“卓老沙僧”，倒真有点像《西游记》里的名字。六七月间，鹅绒委陵菜开花的时候，随便扯下一片草叶，就可以给在旅途中受伤的人止血。更重要的是，她的根系发达，便于吸收养分，容易培养、繁殖，用于治沙固土。这样想的时候，我眼前已然出现了大片金灿灿的黄花，虽然不如门源的油菜花壮观盛大，但是被她点缀的草原、滩地在蓝天下确实有不同寻常的美。

心满意足的我恋恋不舍地离开了这两朵小小的鹅绒委陵菜。返回途中，我和凯章又专门去佑宁寺，拜谒卓玛山上的露天度母大菩萨像。黄昏中，全身镀金的度母大菩萨，正脚踏莲花，面向巍峨群山，微笑地看着我。她庄严的面容慈祥端庄，眼里充盈着大善大美的光华，让我心生敬意，涌动着为世人、为亲人祈福的情怀。

不平凡的蒲公英

下山后，红云低回，金光耀眼，远处青山如大雁展翅，美不胜收。车正要疾驰而过，我却发现，路边一片又干燥又不怎么美气的地方，居然冒出几十朵金灿灿的蒲公英，热热闹闹挤在一起。

凯章刚刹住车，我便迫不及待地跳下车蹲在地上，细细揣摩黄昏的光晕下不怕风尘噪音干扰兀自开放的蒲公英，心下颇为感慨。作为菊科的草本植物，蒲公英遍布中国大地，一向是人们心中传播花种的使者。风能吹多远，花絮和种子就能飘多远。可她自己反而不知，如此低调，如此不顾一切地随便躲在一个什么地方，便从从容容地大开起来，实在是一件让人敬佩的事。

今年初夏，院子里铺满了蒲公英。耀眼的花朵挤挤挨挨，一朵连着一朵，几乎淹没了青草。她就在我居住的楼下，不与牡丹、芍药争艳，只有到了中午才露出面容。早晚不见花朵，只有细长的叶子，结结实实地扑在地上，随不知名的小草在绿茵如毯的流翠间，等待黎明。

蒲公英的叶子，含有丰富的维生素 C 和铁，有淡淡的苦味，可以用来泡水败火，还可以清血，强健肝脏。到了第二年的秋季，蒲公英的花絮随风远去，留下的根茎均可作药材。在乡下，蒲公英也被叫作布谷英、黄花地丁、婆婆丁、华花郎等，都是些与人亲近的字眼。

小时候的我，眼睛似乎总是注意着脚下的一切，一棵草、一粒石子、一朵花都会让我惊喜万分。所以蒲公英经常会在小溪边、水渠旁、我生活过的大院、高原生物研究所被我发现。摘在手里，攥成一小把匆匆忙忙跑回家，放进小玻璃瓶子里。结果，取了水才要灌进去时，她金黄的花丝已经收缩在一起，没了精神。知道了这些，我就再也不敢摘了往家带，只有静静地，静静地看着她们在草地上、土疙瘩里、水渠边开放，或者闭合，完成她们一生期待、怒放、繁衍的使命。

小姑娘紫花地丁

4月中旬的一天夜里，打雷闪电，下了一宿雨。早晨醒来趴在窗上看时，雨已经停了，但是远方的山脉依然笼罩在云雾中。给凯章打了电话，他说，老爷子断定今天再不会有雨，咱就信一回吧，不能等了，按原定计划出发。老爷子是凯章的父亲，在农村待了半辈子，他说的话应该没问题。

果然，车子才开到北山脚下，一束温柔的光线透过云层照在了嫩绿的树冠上。过了一会儿光线慢慢扩大，破开迷雾，纵情肆意地洒在大地上。而且越向南走，春天的绿意也越发浓稠。到了黄河边，老远就看见了田园里几棵高大的梨树。梨树的树冠很大，白雪般洁净的花瓣密集如云，香气浓郁。黄河边很适宜梨树生长，结出的果实甘甜爽口。农家的院落里几乎都有一两棵梨树。此时，正是开花季节，没费多长时间，我们就在这个已经荒芜了很久的农家庄院里，看到了3朵紫花地丁，一片长大了的荠菜。

紫花地丁是草本植物，主根较粗，根状茎很短，主要生长在我国东北部和日本。虽然是一种很小很小的花，但她并不因为自己弱小就有一点点的马虎，反而越发精致。在我眼里，无论怎样端详，紫花地丁都是一个俊俏秀丽的小姑娘，花瓣左右对称，向外弯曲，像小女孩扎在头上的两个小辫子。高原上紫外线强烈，花以紫色偏多，但紫花地丁的紫是一种清淡儒雅的紫，徐徐展开，轻轻点缀，像水墨写意，随性自然。

我在庄园里像主人一样踱来踱去，享受着庄园主的感觉。黄河岸边空气湿润，冬小麦青翠的麦苗在远处像草地一样宽阔平坦。凯章的任务是拍照片，今天也一样。梨花的香味又飘了过来，下过雨的空气甜蜜而干净。能够在白雪般的梨树下，独自欣赏悄悄开放的紫花地丁，我觉得自己今生真是个幸福的人。

如此让人依恋、信赖的大自然，使我明白每一个人都不是大地的孤儿。自然不受个人感情影响，无所畏惧地传播思想，安宁却作为永恒的规律表达着善意的结果。这让我确信，雨水、风声、花朵和温暖是春天这个多产的季节，送给人类的珍贵礼物。

农庄的紫花地丁不像蒲公英那样，成片地长在一起，最多两朵三朵地挨着，如果还想看到她，需要走到另一片靠近小溪的山野草坡或僻静的庄园。

显然，她想独处，不大喜欢热闹，是个安静的小姑娘。

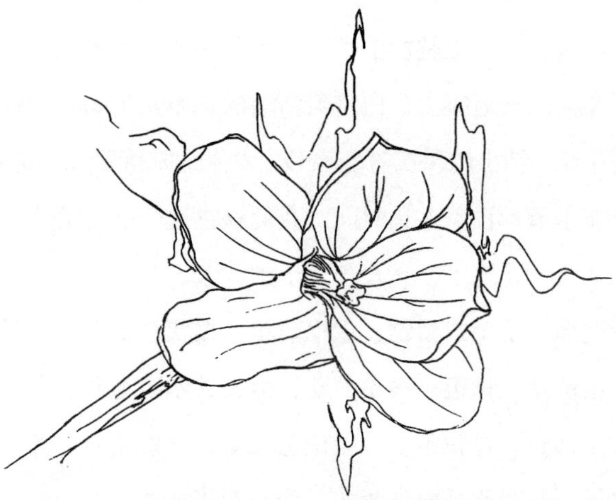

阿拉伯婆婆纳

阿拉伯婆婆纳是一个陌生的名字，有着健康的寓意，和紫花地丁一样开在朴实的乡野。小花开在田间地头，毫无矫揉造作之感，也无须人们的青睐。不管你喜欢不喜欢，她就开在那里。

婆婆纳为什么有这样一个名字呢？想起日本作家川端康成在一次文学讲座中说过的一段话，“每一个人都有文学创作的天赋，正如同文学的来源是由于人们最初对于一朵花、一件农具的命名一样，在人们赋予它称谓的时候就已经含有了文学的意味”。因为富贵而叫牡丹，因为多情而叫玫瑰，因为清淡而叫紫菀，其实并非花的本意，实际上是在表达人所赋予它的思想、感情和意愿。如此，便可以想象得出这朵花名字的由来了。

阿拉伯婆婆纳繁殖力极强，属玄参科。在我国的华中、华东地区，由于阿拉伯婆婆纳的大面积生长会影响到农作物生长，所以花费时间和力气铲除它是田间农人必不可少的农事。但是在青海高原，婆婆纳和其他植物一样金贵。况且，一种花色由浅紫渐渐变浓的花朵，这么早就开在裸露的地表上，美化土壤、释放氧气、清洁空气，让青海高原才露出些许春意的田野很快便染上了新鲜的色彩，真是让人深感欣慰的一件事啊！

离开庄园的瞬间，我又突然在两枝树杈中间，看到了努力挣脱出来的几枚报春的叶片，已经打了结实的粉色花苞。我又赖着不想走了，来回徘徊。欲赶路的凯章说，走吧，怕还有三四天的日子才开。我边走边回头，自言自语，如果能为长在雕刻般粗糙的树桩上努力开放的这朵温柔的小花，留下一张照片多好。终于忍不住对凯章说，我觉得很有必要再来一趟呢，为了这朵即将盛开的花。

凯章沉吟片刻，点点头，不就 70 多千米路吗？值。

又是接近傍晚的时刻，红山绿水的丹霞地貌参差回落，灿若天景，黄河水润泽如玉，温婉绵延。北岸的树翠绿繁茂，鲜嫩得像秧苗一样可人。田野的风又是这般温和，能够在路过时，听见着小河沟里汩汩流淌的水声。

天暖和了，沿着黄河水滋养哺育的沃土，向西，再向西，花儿更鲜艳。

报春花

一夜大风。不由为刚刚盛开的野花担心。与来自西安的挚友觅汀做伴，由他开车一路来到下大坂山的柏川峡。

一路上，眼见野花好端端开在枝头，深感欣慰。觅汀笑我杞人忧天，我倒不觉得，担心总是有道理的嘛！觅汀是天上掉下来的朋友，资深记者、写者。不单单欣赏我的文字，从来都纵容我，由我随意发脾气、任性。

柏川峡柏树为多，长在对面的山坡上，山顶直冲云天，积雪耀眼。雪峰下的阳坡上灌丛旺盛，阴坡上多为裸露的岩石。

我们沿着公路左边的阳坡一直往上爬。山上的气温比山下低很多，但低灌木中抽出的棕红色枝条，已经有了光泽。觅汀是云南人，不知脚下一簇簇未开花的植物就是著名的金露梅，藏语叫“鞭麻”，就是他常常看见的、寺院外墙用来作装饰物的暗红色植物。金露梅会在夏天，开出黄色或者白色的花。

遍布青海高原的寺院伟岸肃穆，大殿外表基本由红、白两种颜色组成。那朱红色的，就是晒干切碎的鞭麻根茎。鞭麻的枝条经久不腐、细密柔韧、干燥耐用，不仅有装饰作用，还能使建筑物通风透气、吸湿环保、冬暖夏凉，再配以鎏金的铜镜、法轮，显得更加庄重、柔和。

秋冬时，鞭麻的叶子落了，牧人就用鞭麻的根做木碗。用鞭麻根做木碗，是唐朝以前的工艺，历史悠久。西藏众多的旋木器皿中，用鞭麻根雕制的木碗是名贵的，也是常见的。用木碗盛的酥油茶味道纯正，香气浓郁，藏人家中每人都有自己的专用木碗，一般不能互用。他们还会把自己用过的名贵木碗传给下一代。西藏自治区下的山南市错那县和阿里地区普兰县生产的木碗被视为佳品。

除了密集的灌木，山上正有几朵植株矮小、簇拥在一起的狭萼报春迎风绽放，表达着春天的讯息，浅紫色的花瓣精致细密，花冠像加工好的蕾丝花边。

报春花开了，青海的春天真的来了。

很长时间内，报春花一直是主宰着高原的花。从早春到盛夏，海拔 3000 米以上的高山崖壁、灌丛，河谷草甸、湿地，处处可见报春花靓丽的倩影芳姿。

钟花报春，淡黄、清香；多脉报春开出的是玫瑰红的花；独花报春多为紫罗兰色，花朵大而独立；天山报春则为淡紫色，花朵娇小秀丽。据植物学家统计，全世界报春花共有 500 多种，其中 60% 以上的种类原产于我国。报春花是报春花科报春花属植物的统称，拉丁语的原意为“早春的花神”，英语的含义是“青春之希望”。

我见过的报春花有天山报春、裂瓣穗状报春、束花粉报春、甘青报春、紫罗兰报春、钟花报春、狭萼报春、菊叶穗花报春。除钟花报春、甘青报春，其余几种花的颜色都为紫色或粉色，花青素含量高。天山报春生长于青海高原湿草地和草甸中，是青海湖流域主要的湿生植物。狭萼报春多见于海拔较高的崖壁石缝中。甘青报春植株较高，或有多层伞状花序，藏语为“奥勒西”，是民间常用藏药。

报春花还被称为年景花、樱草、四季报春。喜温凉气候、不耐高温，也不喜欢强烈的阳光直射。能在高原上生存下来的报春花都是耐缺氧、抗严寒的品种。

早春开花是报春花科植物的重要特性。它们可以借助树木，轻易地劫走树冠上的营养，在光能赋予万物生机之前，争先恐后地快速生长、繁衍，释放情感，吸引正在恢复活力的昆虫替它们授粉，保持令人眼花缭乱的色彩。小时候，读过一篇写达尔文的小故事《会变色的报春花》，文中他父亲说过的一句话让我至今难忘。

一个阳光明媚的春天，小达尔文家的花园里，别的花草刚开始舒枝展叶，一簇簇黄色的和白色的报春花，就已向着太阳怒放了。小达尔文的父亲十分喜爱花草。他精心整理着柔软的花枝，拔掉刚刚冒尖的杂草。小达尔文跟在身边，问这问那。

"爸爸，报春花就只有黄的和白的两种吗？"

"对。"爸爸的回答很简单，也很肯定。

"要是红的、黄的、蓝的、白的、黑的都有该多好啊！"

"孩子，那是不可能的。花是什么颜色，那是大自然赐给的，我们不能想让花是什么颜色就是什么颜色。"

"能，我看准能！"小达尔文像是蛮有把握，他跑到花棚里拿来一把喷水壶，"爸爸，办法就在这里，要它开红花，就浇红水；要它开蓝花，就浇蓝水……"

爸爸被这幼稚的举动闹得哭笑不得，故意说："要让花红的、黄的、蓝的颜色都有呢？"

"那很简单，就把几种颜色一齐浇上去。"小达尔文说着，想找来各种墨水实验一下，但被爸爸制止了："花怎么能改变颜色呢？小孩子敢想敢说不是坏事，但也不能为所欲为，更不能乱来。"

达尔文不再作声了，可心里不服。他想：我一定要让花改变颜色，变出一朵红色的报春花让爸爸瞧瞧。

一天，爸爸正在河边钓鱼，小达尔文气喘吁吁地跑了过来，恭恭敬敬地向爸爸献上了一束报春花，一束红色的报春花。

爸爸开始不相信，仔细瞧了瞧，果然真是红色的报春花！他惊异地问小达尔文是怎么得到的。

“这很简单，昨天下午我折了一束白色的报春花，插在红墨水瓶里，今天它就变得红艳艳的了。”小达尔文带着自信的口吻说，“爸爸，这可不是大自然赐给的，是我让它改变颜色的。花每时每刻都在用自己的根喝水，把水传到身体的各部分去。让它喝了红水，传到白色的花朵上去，花自然也就透出红色来了。”

听了小达尔文的话，爸爸激动地举着手中的报春花，说：“我的花园里又多了一种新的报春花，我们英国又多了一种红色的报春花！”

当然，达尔文是近代生物学和进化论的伟大奠基人，有关他的故事应该不是杜撰。我很愿意像小时候的达尔文一样做个试验，摘一束白色的报春花插在红颜色的水里，看她是否能变成红色的花，但是我更欣赏达尔文父亲的这句话：“花是什么颜色，那是大自然赐给的，我们不能想让花是什么颜色就是什么颜色。”

心灵随世界优游盘桓，没有外在于世界的人，也没有被征服的物，物与人都从对象化、互为奴役化的境地中解脱出来。能够在自由的境界存在，是一件多么美妙的事。

全缘叶绿绒蒿

能见到报春花，已经是很大的收获。可就在我气喘吁吁，打算坐下来休息会儿时，觅汀发自丹田的一声惊叹，让我抬起头来。

沉甸甸的白云，像烟雾一般散了。蓝色晴空下，一抹鲜亮的橙黄自褐色的灌木丛中跃出头，轻轻摇动，散发着璀璨的光。这难道就是凯章天天给我念叨的全缘叶绿绒蒿！

我心跳加快，无比惊奇地望着荒凉贫瘠的土地上如此怒放，又如此硕大的花朵。那自莲座状的叶丛中抽出花葶的花朵，每葶独挺一朵，茎上着花，一茎数花，成为圆润的花序，像发出金光的葵花一样丰美，像细腻柔软的绸缎一样灵动。当我的目光与她交汇时，花瓣竟完全向我张开，露出海葵般迷人的花蕊。

大自然多么公平，造物主在创造奇迹的时候，不仅没有忽略这片贫瘠干燥、被冷落的茫茫高地。相反，却在沧桑如锉、千年不化的冰雪下，让全缘叶绿绒蒿这样一种绚烂夺目、让人惊叹无比的野生植物，在一棵能为她避风遮雨的低矮灌木的护佑下，伴着凛凛寒风，毫无杂念、默默无闻地为大自然装点起最美的盛景。

觅汀已经忘了手中的相机，情不自禁地跪在地上，“在这样的花面前，只能跪着”。我一时语无伦次，感动得双目潮湿。不知该怎样表达我的心声。除了感激，除了激动，还有一种对生、对死、对青海高原更深、更透、更浓的理解之情。荒野之上，她如此高级，又如此傲然，完全可以因她仪态万方的华贵傲视苍穹，做土地的主人、众花的皇后；也完全可以因尊贵、华美，清高的芳容，蔑视自不量力的人类。但她不，她如此亲切、如此沉静地为每一个人盛开，为天地盛开，雍容中绽放出的，是人类从未拥有过的从容与豁达、慷慨与自信。

头顶上依旧是高原宽广无际的蓝天。全缘叶绿绒蒿是盛开在高山之巅的顶级珍稀观赏植物，白度母手中的乌巴拉。花开花落，春去春来。空山无人，水流花开。在静寂的世界中，全缘叶绿绒蒿这活泼的生命、绰约的风姿，细细想来确是中国生命哲学的基础。

回家后查了资料，属罂粟科的草本植物绿绒蒿，全世界共有 49 种，其中有 48 种均分布于东亚的我国喜马拉雅地区。我国有 38 种，集中分布于西南部。

一周很快过去了，我的眼前总是会出现全缘叶绿绒蒿孤傲的身影，我多么想再次看到她尊贵的芳容，在她身边安安静静地坐一会儿。在我的一再请求下，凯章带着我，去了上大坂山。

上大坂山海拔 3800 米，位于祁连山脉东段越岭地带，是西宁通向祁连山的唯一途径。上大坂山终年积雪，深冬季节冰层叠加，素有“冰大坂”之称，来往车辆危险重重。现在有了大坂山隧道，安全了许多。赶到山脚下时，已是中午时分，饥肠辘辘。但是寻觅全缘叶绿绒蒿的心情比填饱肚子还要迫切。背起背包，挎上相机，我的心情像放飞的百灵鸟一样轻松欢畅。

河谷地带，灌丛茂密，再往上，砂石裸露，植被稀少。可是，凯章的一双眼睛仿佛是专为花而生的。还在我懵懵懂懂埋头往前疾走的时候，他已经看见了对面山坡上，让我惊叹不已、终生难忘的一幕奇景。这也许是大自然馈赠给青海高原最美的礼物，也许是只属于青海高原的美景。整面山坡，自蓝天而下开满了鲜黄的全缘叶绿绒蒿。

这铺天盖地，汹涌奔腾，寂寥中透出热烈，萧瑟中露出生气的一层又一层的野花，仿佛从天而降，仿佛天神不小心抛洒而出的黄色颜料，又像是一幅梵高笔下，纵情洋溢，象征着生命不灭、精神不死的艺术杰作。不仅再次激起了我在柏川峡初见那唯一一朵全缘叶绿绒蒿时的巨大热情，还由于此刻，她强大、浓艳、逼人的阵容，像旗帜、像烈焰、像波涛般在粗糙的流石坡地上滚滚而来的气势，开放、再开放的盛大场面。

喘着粗气奔向这面山坡。山顶处海拔 4000 多米，植被稀疏，氧气缺乏。但是这神圣、无瑕的花朵，却毫不畏惧地在山顶绽放，如初升的太阳；如光明的使者，传递着温暖、母性、慈祥。

这是令天地为之动容的景象，也是大自然的一部分。与山水、与人高度密合，体现着大自然的内在节奏，天真、淳朴、烂漫。

我索性躺在山坡上，与花朵一起仰望蓝天映衬下的雪山，体验着生命悸动的旋律，如痴如醉。

此时，世界在为圣徒、英雄和诗人哭泣，花朵却在这贫寒、冷峻的土地上衰落，盛开，再衰落，再盛开。这就是大自然，没有完美的答案，只有存在，结结实实的存在。我相信，不辞艰险，先后五次进入我国西部采集、引种植物的英国人欧内斯特·亨利·威尔逊，1908 年在四川巴朗山见到全缘叶绿绒蒿时的心情，和我一样狂热激动。不然，他不会留下这样的描述，“在海拔 11500 英尺（1 英尺＝ 0.3048 米）以上，华丽的全缘叶绿绒蒿覆盖山边，花大，花瓣内卷成球形，鲜黄色，长在高 2.5 英尺的植株上。在别处我从未见过长得如此茂盛的植物，无数的花朵呈现出这样一片壮丽的景色”。

点地梅

天气渐渐暖和，一批又一批野花陆陆续续开放。在通往山村田野的每一条路上，她们疯狂地呼吸着高原的阳光和二氧化碳。鸟儿在歌唱，山雀在枝杈间蹦来蹦去，啄木鸟止不住地啄着虫子。晨光中，花蕾裂开，西藏点地梅即将盛开的蓓蕾，矜持地站立在一指高的茎上，茎上茸毛细密柔软，在阳光下闪着亮晶晶的光。

离她不远的地方，有几朵垫状点地梅的萼片正欲打开，花萼微红。我试图静静等待，观察这朵花开放的全部过程。但是，她似乎不愿理会我的渴望，一动不动。当我把眼光移到别处，看看远处的山峦、刚刚开垦过的农田，回头再度凝视，却发现，她已不动声色地、优雅地发生了变化，向整个世界露出了艳丽的面容。

这之后，西藏点地梅、垫状点地梅不断盛开，染红了草地。

点地梅，报春花科，多年生密丛草木，周围常伴生有马先蒿、薹草、黄蓍。全株披细短柔毛；叶片钝圆厚实，边缘具三角状钝牙齿；花葶自植丛中伸出，具数朵花；花萼合生为花萼筒，上端五裂；花冠合生为花冠筒，上部五裂。点地梅初开时颜色纯白，花中央喉部黄色，受精后花冠才变为粉红色。

点地梅是我国特有的植物，喜欢生活在湿润、温暖、向阳的山野草地，她们热血沸腾的身体无法容忍阴凉的环境。多生长在海拔 3000 ~ 4500 米的河谷滩地或高山草地，是青海高原常见的一种野花。点地梅生命力顽强，即使冰天雪地的唐古拉山山顶、三江源玉树、澜沧江边，也分布着数量庞大的垫状点地梅、高原点地梅、狭叶点地梅。似乎只要有一丁点可供她们生长的土壤，她们就会生根发芽，开出紫色、白色、粉色的小花，播种繁殖生存。

在草甸线及其以上地区，鳞叶点地梅大放异彩，间或有不少其他种类的点地梅点缀其间。鳞叶点地梅的叶呈不规则四面体状，肉质，紧致，内层存活的叶为青白色，外层枯死的老叶则为棕色，主要生长在岩石缝中或者岩石上方的薄土层中。

在较低海拔的河谷里，蔷薇科植物以灌木形式生长。大果圆柏林中除了挂着红色果实的匍匐栒子，还有吐着金黄色花朵的小叶金露梅。而到了草甸线以上，蔷薇科植物也变成了垫状，比如关节委陵菜，虽然悄悄隐匿于薹草之间，但是，关节委陵菜红褐色的三出复叶依然醒目。

垫状点地梅和杂多点地梅比较容易识别，均可以由端枝分化，形成较大的“垫子”。和高原点地梅相比，垫状点地梅的叶更短更窄，柔毛也不及高原点地梅长，会形成灰白色的球状，保护自己，并且可以形成直径 20 厘米以上的垫子，一般中部较边缘高。

需要强调的是，杂多点地梅是能在冬季盛开的花。叶子在冬季展开，类似一朵朵微型莲花，而夏季剩下的锥形叶片在寒冷中早已枯黄，仅根部有一抹淡淡的绿色。有探险者在 11 月的玉树杂多县昂赛原始森林，见到过几株在寒风中怒放的杂多点地梅。低处唐古拉山北麓的昂赛原始森林，是我国最大的原始森林。盛夏季节，顺着森林峡谷美丽的果道沟一路前行，风光旖旎，野花开放。宗喀巴、白度母、莲花生大师造像镌刻在山崖之上。

一群山雀在齐声欢唱，仿佛在为遍地的点地梅伴奏。山雀眼睛的视网膜上分布着的比人眼的致密两倍的感应器和异常敏感的色彩接收器，让它们有幸欣赏到了报春花渐渐开放的细节，这是我们人类永远无法体验的视觉世界，精彩至极的另外一个世界。

点地梅种类很多，有紫花点地梅、垫状点地梅、西藏点地梅、天山点地梅、睫毛点地梅等，都是令人过目难忘、感到异常亲切的野生花卉。更让我难以忘怀的是，在可可西里荒原亲眼看见，于冰雪严寒中悄然绽放的垫状点地梅。虽然娇小、微弱，却依然在寒冷的风中，在野牦牛随意走动的蹄下，张扬着无法遏制的生命的力量。

川赤芍

通往循化太子山的路，绿树成荫，沙枣花飘香。

一路上，喜鹊鸣叫，微风吹拂，一群群岩鸽盘旋在头顶，久久不愿离去。远望中，太子山林木茂盛，郁郁苍苍。山下小河流淌，河边小块麦地，绿幽幽、平展展，正在疯长。我有些惊诧，为什么太子山下会长满各种各样的野花，仅鸢尾都有锐果鸢尾、青海鸢尾和蓝花鸢尾三种之多。有趣的是，姿态高雅的鸢尾身边，紧挨着的是新婚媳妇般妖娆妩媚的川赤芍，一朵红似一朵，一朵鲜似一朵，亭亭玉立，绿中见红，红中衬绿，含苞待放。

古人云：牡丹称花王，芍药称花相，俱花中贵裔。川赤芍虽不如牡丹富贵，但也妖娆清高、兀自怒放。以前不知怎么分辨牡丹与赤芍，看到了只管贴近了使劲儿闻她的香味，以为有什么区别，后来还是父亲告诉我，牡丹乃木本，三四月开花；赤芍是草本，春末夏初开放；牡丹花独朵顶生，花型较大；赤芍一朵或数朵顶生，花型较小；牡丹的叶子绿中带黄，赤芍叶浓绿，密度较大。可这会儿，我更想知道，如此富丽的川赤芍，为何会生在这样朴素简陋的地方？且神情傲慢、孤芳自赏，对欣赏她的人不屑一顾。她有可能并不知道，除了山芍药、草芍药、木芍药、红芍、花叶红芍，在青海民间她还有一个最常用的称谓——“臭牡丹”。

其实，叫臭牡丹真是冤枉了她。川赤芍多生长于海拔 2300 ～ 3700 米的灌丛、山坡、林下，多年生草本，香气浓郁，以紫色、粉色居多，能活血通经，清热解毒。

也许，她早已知晓人们对她的不公，才会如此桀骜不驯，对人冷淡，不得不让我对她的矜持、清高、不媚俗心生敬意。但令人遗憾的是，我清楚地听到，一位世代种植芍药的人说，由于现在用中药治病的人逐渐减少，人工种植的川赤芍正面临绝种的危险。想必，野生川赤芍也危在旦夕。

随着杏花、桃花纷纷陨落，人们开始追逐川赤芍俏丽的身影，享受她浓郁的体香，一直到她红色的花瓣在阳光下缓缓散开，轻轻滑落在草丛中重归于宁静，或化为彩色的香泥储存养分，以待来年滋润新生的花叶。

在夏季的几个月里，青海高原的风是柔和的，日渐增多的降雨量，给了众多植物快速繁殖的环境。古老的生态学，让我获知了很多植物的历史和遗传多样性，也让我明白了野生植物在人们感受生命的短暂和“无可奈何花落去”的凄清时特有的生存魅力。假如我们能够在欣赏野花时，不仅用眼睛看，也用心去观察、感悟、理解，就不会使现实中很多物化的东西与土地分离，变得越来越孤独、寂寞。

大自然是伟大的博物学老师，它不是一个孤立的场所，当我们身在其中，能够尽力去发现、欣赏和理解时，便会更清楚地看到我们自己，也让我们的情感与土地更加紧密地连在一起。

长瓣铁线莲

欣赏过川赤芍，我伸长双腿，坐在田埂上，舒舒服服看着眼前的情景。想起四季循环，想起圆寂多年的十世班禅，曾经也在太子山下无忧无虑地嬉戏玩耍。似乎能感到一年四季，野生生物在火中、在土中顽强生存、呼吸，化为泥土、灰烬，再次重生，妙不可言的节奏，内心充满愉悦。同时，又意外地发现了一朵长瓣铁线莲。

铁线莲，毛茛科铁线莲属，多为木质藤本植物，少数是宿根直立草本，一向有“藤本花卉皇后”的美称，原产于我国，广泛分布于各大洲，以北温带居多。清代吴其濬的《植物名实图考》（初刊于1848年）中有铁线莲原产我国的记载。在青海，长瓣铁线莲生长在海拔2300 ~ 3100米的民和、平安、互助、尖扎、同仁、循化、大通、门源低山区丘陵灌丛、山坡、林缘。长瓣铁线莲别名大瓣铁线莲，藏区的人叫她“叶芒那保”。似开未开时，花朵颀长，像个喇叭，带有淡淡的香气。以前，在青海湖边，常见到的是金黄的甘青铁线莲，花丝随意卷曲，像个不谙世事的毛丫头，而这朵紧紧闭合，从草丛中轻轻探出的长瓣铁线莲，却是文雅恬静的深紫。

除此之外，田埂旁、小河边，还有不轻易见到的紫花碎米荠、玉竹、瓣蕊唐松草、白花枝子花、鸡腿堇菜，这一朵、那一朵地尽情开放，像盛开在绿草地上的百花宴，让人眼花缭乱。她们欢迎人们欣赏，更希望各种昆虫落在她们虽然娇小却异常艳丽的花朵上，一边传递花粉，一边目不转睛地观赏她们优雅的演出。

因崖而生

认识野花的过程是美妙的，结识同样爱好植物的朋友是幸运的。我国科学院西北高原生物研究所从事生物学研究的李文靖博士，是其中的一位。他非常聪明，善于学习，专业知识全面，给了我很多启示。今年春节，假期尚未结束，他就因为一小片嵩草在正月里发生的变化而欣喜异常。

听到消息的我，更是惊讶，踏着一层薄雪，匆匆赶到他的实验室。这是一片于寒冬季节被他“请”到实验室里的嵩草，根部真的绿了，没有任何人工痕迹。接下来的几天，每天都能收到他拍来的照片，嵩草渐绿，根茎湿润。到2月6日这天，嵩草完全变绿，与窗外萧瑟的冬景浑然不同。

野生植物的生长，比人类了解到的和想象的更加不同寻常，每一缕来自不同方向的阳光，都会让她们不断改变自己生动的模样。

5月的某天，一串开在崖壁上的拟耧斗菜，又无比生动地出现在我的手机屏幕上。他只说了一句，有机会告诉你完整的故事。

可是，我怎么等得了。

开在崖壁上的一串蓝紫色小花，像仙女下凡，格外妖娆。展开的花瓣露出了杏色的花蕊，即使只是图片，也难挡她馥郁的清香袭来。如此粗糙、恶劣的生存环境，如此娇艳、柔美的花朵，让我情不自禁地想问问苍天，为什么世界上会有如此令人心驰神往的花，可以让我从不安，瞬间变得宁静。

其实在这之前，我早已见过这种野生植物，但是听了李文靖博士的讲述，才知拟耧斗菜是一种只生长在崖壁上的野花。

5 月 25 日，李文靖博士和同事曹倩去青海省西宁市大通回族土族自治县斜沟乡柏木沟，进行标本采集和生态教育课程设计考察，在距惠丰源生态山庄 6 千米的一处山沟，见到了在几乎垂直的崖壁上开着的紫红色小花。这几朵花深深地吸引了他们的目光，交流后，他们确定这种不同寻常的植物是拟耧斗菜。之后，他又仔细观察了周围的环境和植物，得出推论——这是一种因崖而生的植物。回到西宁后，他多方查阅资料，发现《中国植物志》中早已记载了她的生境为海拔 2700 ~ 4300 米间的高山山地石壁或岩石。为了证实这一点，李文靖博士和曹倩，再次来到她周围的草甸、灌丛，四处寻觅，但始终没有再看到她的踪影。

拟耧斗菜的周围没有或很少有其他的植物。峭壁上突出的石头上，缝隙中的一点点土壤，已经为她提供了完整的生活环境。在崖壁上，拟耧斗菜就像独自占领了海中岛屿的岛主，自得其乐，优雅地盛开，漫不经心地繁殖。春去秋来，其种子随风飘散，遇到崖壁上另外一个合适的地方，便会留下来继续开拓疆域。

在我们眼中看似残酷的生存环境——陡峭的崖壁，才是最适合拟耧斗菜生存的环境。相反，在其他环境中，她的种子根本就不能萌发，即使萌发后，也不能正常生长。之所以会选择在岩石峭壁上生长，是因为拟耧斗菜非常喜欢开阔的生境，在生长过程中，无须和其他植物竞争，赢在起跑线上。

当然，崖壁之上也有其他植物，比如一片在崖壁上挣扎求生的薹草、一株娇小的报春、一丛红景天。但是，这些植物完全不具备拟耧斗菜这样在悬崖上长期生活的能力，更不能繁衍后代。薹草显然不是在这里萌发的，而是在遭遇了天灾，或者被羊踢落后从崖壁顶端坠落下来的。报春过于弱小的身体，也只能在崖壁上很少的土壤中存活，更多的报春还是生活在周围繁茂的草丛中。红景天尽管在崖壁顶端或者崖壁中土壤较多的地方可以长成很大的一丛，但是当她坠落崖壁以后，也只能长成稀疏的模样。

拟耧斗菜是毛茛科植物。全世界有三种，我国分布有乳突拟耧斗菜和拟耧斗菜两种。乳突拟耧斗菜叶常为一回三出复叶，末回裂片倒卵形，萼片在果期宿存，种子灰褐色，表面有乳突状的小疣状突起，主要分布在我国西藏西部、新疆、青海北部、甘肃（祁连山）和宁夏（贺兰山），海拔 2600 ~ 3400 米间的山地岩石缝或山区草原，蒙古和中亚地区也有分布；而拟耧斗菜的叶多，通常为二回三出复叶，无毛，叶片轮廓三角状卵形，三深裂，花瓣倒卵形至倒卵状长椭圆形，种子狭卵球形，分布于我国西藏、云南西北部、四川西部、甘肃西南部、青海和新疆。

由于拟耧斗菜因崖而生，多分布在高海拔地区流石滩上的岩壁上，而这样的地方对普通人而言，很难到达，所以，只有勇于攀登高峰的人，才能有缘与她相见。

拟耧斗菜不光是一种美丽的花卉，还是一种很好的药用植物，藏药中，其枝、叶制成的药均可用于治疗子宫出血等症。在四川西北部，民间还用其根和种子治疗乳腺炎、恶疮痈疽等症。

昆明植物所一位从事植物学研究的学者曾经发表过一篇文章，他说，对于爱好植物和研究植物的学者来说，如果能够在五月底至七月初到喜马拉雅—横断山高海拔流石滩上探寻，定能在流石滩岩壁上，一睹拟耧斗菜的芳容。那一丛丛蓝紫色的花朵，虽不如流石滩上的明星植物全缘叶绿绒蒿那般夺目，但她绝对是和全缘叶绿绒蒿一样叫人难以忘怀的高山植物。

怎样在残酷的竞争环境中利用自身优势繁衍生长，发展壮大，是人类生存的本领，也是野生植物拥有的超凡能力。

锦鸡儿和金雀儿

有花的地方，就有鸟鸣。

布谷鸟一直不停地叫着，虽然不知它落在哪里，又飞向何方，但可以确定，它和我一样欢喜这里。

一连几天不见落雨，在荒山上植树的女人谢静心中焦急。

18年前，她承包了彭家寨村的近万亩荒山，打算用几年时间，让荒山变成森林，变成心目中的大花园。多年过去了，她为此吃尽了苦头、受尽了委屈。昔日的荒山虽变成了郁郁葱葱的百花园，可是她也老了，再也不是以前那个如花似玉的小姑娘，再也不能够大大咧咧地往前冲了。

今天，一大早，她就来到山上浇水。彭家寨村的人闲来无事，跑到山上，随便找一处地方烧烤。等她发现时，几棵云柏已经干枯，快要不行了。待我闻讯赶到山上，浇了一上午水的她，才算露出了笑容。云柏保住了，树梢上的绿叶重又抖起了精神，山上的锦鸡儿、金雀儿开满了枝头。

说到锦鸡儿，我突然想到，许多野生植物的名字与动物的名称是相同的，比如锦鸡儿、杜鹃、金雀儿。我想，这里面一定深藏着人的心意，而大自然也是能够领会的。我多么渴望更多的人，能够热爱自然，懂得大自然的心。地球上有很多偶然，但毫无疑问，人类并非自然的主人，而是大自然的一部分，对自然赋予人性的倾向同样是自然的一部分。没有额外条件，不受任何约束，恢复生命的本能，是人类和自然同样确切真实、不分彼此的理想与渴望，只是我们常常疏忽了大自然的感受。

锦鸡儿属落叶丛生灌木，全世界有100余种，分布在我国的有80多种（含变种、变型）。有时为小乔木，别名有黄雀花、土黄豆、粘粘袜、酱瓣子、阳雀花、黄棘。枝条细长，花色鲜艳，4—5月开花，黄色稍带红，凋谢时呈褐红色，荚果为圆筒状。在青海，各种锦鸡儿组成的高山落叶阔叶灌丛，在灌丛植被的家族中有较显著的地位。祁连山、大坂山山麓的洪积扇、冲积扇及山坡上，到处可见由各色锦鸡儿为主组成的灌丛，在平缓的山坡上、湿润或半湿润的高山上构成独特景观，而鬼箭锦鸡儿粉红色的花朵更是格外引人注目。

有一段时间，常常为锦鸡儿和金雀儿同样艳丽的色彩迷惑。后来，在谢静种植的这片原本贫瘠而今郁郁葱葱的荒山上见到了一丛丛茂盛的金雀儿，才辨出了她们的不同。

青甘锦鸡儿为豆科锦鸡儿属，偶数羽状复叶或假掌状复叶，花单个；金雀儿为豆科金雀儿属植物，灌木，高80～250厘米，枝丛生无毛，上部常为单叶，下部为掌状三出复叶。乍一看，像兔子一样竖起耳朵的是锦鸡儿，像喜鹊一样张开翅膀的是金雀儿。许是得了先春之气，早开的金雀儿，饱含营养，可用来泡茶、炒鸡蛋，还可以直接生吃。加工后成为营养品的金雀儿，实为上品，清香怡人。

红色的锦鸡儿叫红花锦鸡儿，同样是锦鸡儿的一种，却是直立的灌木植物。小枝细长，有棱，灰褐色，无毛，花冠黄色或淡红色。无论锦鸡儿还是金雀儿，都不仅仅是良好的蜜源植物，还有抗拒风沙、固水保湿的作用。人为创造的景致，是心灵浸染的结果，但愿金雀儿、锦鸡儿，能一直护佑这座经谢静苦心经营后呈现出绿色的大山。

天仙子

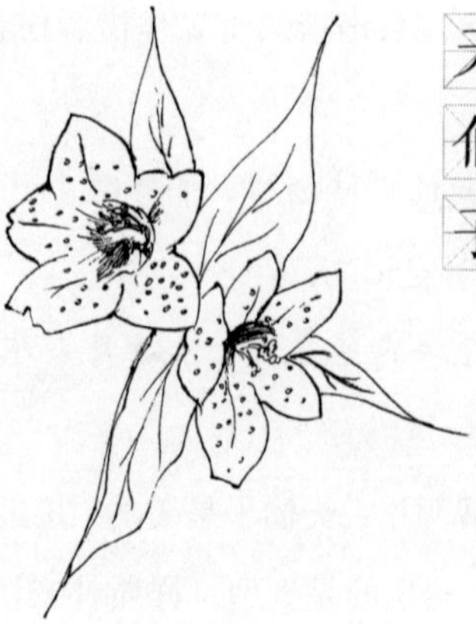

循化文都历来为佛教重地，很多寺院分布在前山后沟内。比起文都大寺，太子山下的康毛寺显得朴素而宁静。寺院上下分为两院，院内各有一座佛殿，下院佛殿规模较大，是整个寺院的主体。上院佛殿古朴陈旧，供奉着药王。推门进去，一丝香火幽幽传来，侧房的套间内有一红衣僧人正轻声诵经。

佛教素与山林结缘，吸纳着山林之灵气，体味着人与大自然感同身受的情感。寺庙身后的太子山与孟达湿地相邻，虽是早春季节，有些清冷，但也有清泉流淌、白桦林立、灌木丛生，一层层深绿色冷杉环绕在山腰。寺院的门已经破旧，但是，引我入内的僧人却说，他们不愿因整修寺庙而打扰山林，让山林受到伤害，只愿在清脆的鸟鸣中，在淡淡的，无数重复、单调的晨钟暮鼓中，默诵经文，慢慢老去。

我心下惆怅，沉默着离开了康毛寺。下山途中，一道失却了水分的小河沟挡住了去路。只好下到沟底，踩着青色的石子向上，欲尽快越过这道河坎。可想不到，攀上沟沿的瞬间，竟意外地发现了四株野生的天仙子。

看上去，天仙子似乎和自己的名字有点不相符，也不像其他野花那般艳丽。花瓣土黄，花蕊呈深褐，宽大的叶子上布满了细细的茸毛。宋人张先的词《天仙子·水调数声持酒听》是惜春伤春之作，令人有感于年华易逝、孤独寂寞的处境。

水调数声持酒听，午醉醒来愁未醒。送春春去几时回，临晚镜，伤流景。往事后期空记省。

沙上并禽池上暝，云破月来花弄影。重重帘幕密遮灯，风不定，人初静。明日落红应满径。

在我眼里，天仙子是美的，接近土地的颜色，不失天地的真实，又不乏植物的柔美，透出的是大地一样质朴亲切的韵味。至于后来，我了解到天仙子含有莨菪醇和莨菪酸缩合而生成的酯，与极具诱惑的曼陀罗花、马尿泡一样，能够产生与阿托品相似的医药作用，能镇痛、麻醉，更是大吃一惊，再不敢小看她。

离开太子山，一路朝南，向岗察草原驰去。

循化的岗察草原，是水草茂盛的地方，草原上有藏族村，村子里很多人的生活习惯和甘南草原上的藏族村民接近。路过时，眼见房子像古城堡，晒草的木架又高又大。但是很遗憾，由于前几天寒流侵袭，气温突降，草原还没有完全绿，更别说看到花的影子。

我只好继续向南走，一边走，一边停下车来观察。还是靠近河水的地方比较湿润啊，我自言自语地嘀咕着，期盼着能在这片靠近黄河的地方，有新的发现。

果然，经过黄南州同仁县保安古城时，公路右侧石崖上，依次出现了一丛丛玫瑰红的紫堇、双花堇菜，金色的黄瑞香，淡紫色的狭萼报春。这是高山崖壁间常能见到的花，这些花，开在嶙峋的石缝里，贴在粗糙的崖壁上。颜色鲜艳，精神饱满，像一面面旗帜在风中执拗而从容地飘动。

马先蒿

再往前，山崖下，有一条小溪，溪边的灌木丛密集而潮湿。绣线菊、山梅花、绣球正在生长。在紫堇和黄耆的衬托下，杏黄色的斑唇马先蒿铺满河岸，偶尔有一两株镰叶韭、小野花圆叶小堇菜，冒冒失失地夹杂在小草中。

大地万物生长，到处洋溢着生命的活泼与灵性，用审美的眼光去认识无争的境界、野花平和的思想，即是恢复生命的"美丽精神"。

属玄参科马先蒿属的马先蒿，多年生草本，雌雄同株。根圆柱形，木质化，茎分枝披毛。马先蒿属是双子叶植物中的大属之一，遍布世界。生长在高山湿地、沼泽草甸间的马先蒿属植物有500种以上，光青海高原就有50多种。马先蒿多为群居植物，成千上万聚集在一起，有蓝、紫、红、白各种颜色，非常漂亮。我断定，生长在这里的一定是斑唇马先蒿，因为就我目力所及，藓生马先蒿、四川马先蒿、大唇马先蒿、轮叶马先蒿、短唇马先蒿、甘肃马先蒿的花大多呈红色、玫瑰紫。而眼前，杏黄色的斑唇马先蒿在绿色的草地上，如此干净、细腻，似艺术家精工细作的瓷器，纤尘未染，圆润玉化。

斑唇马先蒿乃藏药中必备的一味，藏语名字叫"露如赛保"。低矮草本。根束生，茎短。叶密丛生，柄长。叶片有锯齿。花腋生，花萼管状，近喉处有红色斑点。花冠花丝均为黄色，披细毛。生长在海拔 2700 ~ 5300 米的高山灌丛、草甸、沼泽草甸、河滩灌丛。

大唇马先蒿的花是紫色的，与卷曲的斑唇马先蒿相似，能在海拔 4200 米以上青海果洛藏族自治州的班玛、久治，玉树藏族自治州的杂多、称多、囊谦的高山草甸生长，也是一种生命力顽强的高山植物。短唇马先蒿的花是浅绯色的，像一群小蝴蝶，集体合抱向上。藓生马先蒿的花是玫瑰色的，被誉为“草丛中的红仙鹤”。不过，马先蒿的半寄生特性，使她永远无法实施人工栽培，这就让她在我心里、眼里，越发显得好看了。

丁香

春末，绿草铺满大地，丁香花盛开在西宁街头、院落。

走近时，馥郁的香味令人沉醉。离开时，又添了些说不清的忧伤。

初识丁香，是少女时代。那时候，心里已经有了惆怅。

岁月在一寸寸往前移，身边的春花秋月随风而来，随风而去。丁香花盛开时，馥郁的香味飘荡在街头、院落，走近时，不知为何，又添了些许说不清楚的忧伤，好在身边有同我一样多愁善感、耽于幻想的朋友晓丽和不断盛开的丁香花陪伴。

也许是在西北高原生物研究所长大的缘故，从小生活在植物繁茂、鲜花朵朵的世界里，并不感到寂寞。但，我尤爱丁香，因为丁香曾给我极大的安慰。

那一年，同龄的朋友大多考上大学走了，只留下我和最要好的朋友晓丽。我们开始每天早上，步行到离家很远的地方补习功课。

冬天，天还在暗的沉寂里，我们就背着书包走上了长长的路。晚上，星星挂在夜幕之上，地上吹起了风，才匆匆往家赶。

那条路上没有一盏灯，两个少女的心是悲凉的，就连落在身后的影子也是软绵绵的。唯一能够安慰我们，让我们不至于畏惧、孤单的，就是路边一棵接一棵的丁香。虽然没有开花，没有长叶。但是，她们褐色的枝干紧紧相连，她们挨在一起抵御风寒的模样，像极了手拉着手，走在这条路上的我们——两个心事重重的、无助的少女。

小时候，院子里流传着这样的故事，留着长胡子的老爷爷在有月光的晚上，埋下了几朵丁香花和一块透明的玻璃。几天后，这块玻璃变成了七彩的玻璃球，实现了老人最后的心愿。

这是一个美丽的传说，我和晓丽深信不疑，于是急急忙忙照此办理。先是郑重其事地选了有月亮的晚上，各自挖了深深的小洞，放了几粒丁香花瓣，上置一块彩色玻璃。然后，为了证明这块玻璃和丁香花之间紧密相通的关系，吐了口自己的口水，盖上土，许下了自己的心愿。

次日清晨，旭日东升，满目清凉，地下的神灵将我们埋在土里的心愿带到了天界。我们坚信，过几天，太阳升起时，小洞里的丁香一定会变成漂亮、非凡的玻璃球，心中的愿望就基本实现了。

但，可能是因为我的心愿过于重大，埋下丁香花的那一刻，便心神不宁、日夜不安。

终于，急不可耐的我打破了等待的苦闷，提前破土挖开了那个神秘的小洞。结果，玻璃上布满了珍珠般的水滴，丁香花安然无恙，根本就没有传说中的玻璃球。

我不假思索地把这个消息告诉了晓丽，一向沉静的晓丽气红了脸，长而浓密的睫毛沾满了泪珠。她对我非常失望，几天没跟我说话。我知道，是因为我草率的行为，让魔幻般美丽的梦提前破灭了。

那一刻，我想到了现代诗人戴望舒的诗《雨巷》，“她是有丁香一样的颜色，丁香一样的芬芳，丁香一样的忧愁，在雨中哀怨，哀怨又彷徨”。

春天来临，空气变得柔和、温暖，不再那么生硬。更重要的是，丁香的枝蔓上长出了一枚枚青翠的嫩叶。叶子桃形，圆融饱满，像端午的香包。随着叶子越长越大，越来越浓，细细的根茎上，又抽出了细密的喇叭样的花骨朵，细碎精致，点点滴滴，像星星的眼睛，缀于绿叶。又过了几天，一场春雨，湿润大地，泥土清香，淡紫的、白色的“小喇叭”张开嘴巴，渐次开放，吐出的清香，甜蜜、怡人，醉了天、醉了地，也安慰了我和晓丽哀怨、脆弱的心。

因为每天在她身边走过，我还发现丁香的气味是从每一朵小花瓣根部，流着蜜汁的细微之处散发出来的。忍不住摘下一朵，放进嘴里，当舌尖一碰到新鲜的花瓣，就立即捕捉到了她特有的香甜的滋味。

长大后才知，丁香是极适应青海生长的木犀科落叶灌木，有着百结、情客、龙梢子这般耐人寻味的别名，还是一味古老的中药，在我国已有 1000 多年的栽培历史。品种繁多，有小叶丁香、毛丁香、花叶丁香、北京丁香、羽叶丁香、红丁香和暴马丁香等，她们大多生活在海拔 1800 ~ 3500 米的林缘或树下，耐寒耐旱，习性顽强。

有一年，我有幸在泉州开元寺紫云大殿后院的甘露戒坛前庭，见到了两株枝叶繁茂、浓荫蔽日的菩提树，不由心生喜欢。这两棵菩提树的叶子和花形，与生长在青海的丁香极为相近。据说这种树是宋朝年间泉州海运、丝绸通道最为昌盛的时代，由传扬佛教的僧人自印度带到泉州，后随着佛教在我国西部的广泛传播，被移植到青海的。

在青海人的生活中，没有人不喜欢她、迷恋她。

丁香花像高原女性。从含苞欲放的小小蓓蕾，到微微浅笑的少女，再到浓香四溢的美妇，充满爱的渴望、幸福的甜蜜。每当仲春，当你突然注意到她时，已经有那么多四瓣、五瓣、六瓣浅紫色、粉色的小花朵簇拥在一起，组成粉嫩的花团，再裂开小嘴，吐出醇厚的香气。丁香不似牡丹富贵，不如玫瑰性感。但紫色、白色和绿叶和谐之极，像银色的器皿在树枝间战栗，与浓密的绿叶形成宽大的树冠，遮蔽住农家院落，弥漫在山坡、田埂，丝绸一般轻轻柔柔地荡漾在青海人的心里。

由于身边的丁香如此温馨，带给了我们无限的美意。由于我们对于美的感受太深太重，以至于每天走在她的身边，拥有她，嗅着她的馨香，欣赏着她在阳光下从容优雅的芳容，心里便会不由得欢畅起来，甚至忘记了高考在即、前途渺茫的现实，觉得只要有丁香这样美的花存在，有晨光、日辉、晚霞构成这个世界，而我们又能在这样的世界里，纯粹而自由地活下去，也不失为美好的人生。

菩提花

一直以为，菩提花便是丁香，便是满山满坡、林荫小道装点古城的丁香。只是，为抵御风寒、适应青海气候，叶子和花变得小巧、精致，香气也更加浓郁，有了与大自然协调的深意、高原人的情感。

听过安九的一首歌《菩提花》：

五月的山水下，

眉眼如画白衣傍荷葭。

茫茫人海中容颜老去白了发，

望断来世尘缘中谁是他？

青瓷一碗茶，

沏入了前生卦，

菩提树前已无菩提花。

才知，真正的菩提，只适合于热带、亚热带生长。我常见到的所谓菩提，不过是生活在高寒地带的青海人，自作主张用暴马丁香代替了菩提。

《宗教词典》上有这样一段记载：“相传，释迦牟尼在树下征得菩提，故称毕钵罗树为菩提树。为常绿乔木，叶卵形，茎干黄白，花隐于花托中，树籽可做念珠……”

月光下的菩提花，泛着亮色，香气浓郁。如菩提叶微含笑意，显露出佛陀的尊荣。菩提有花，珍贵而有灵性。若晨起花色红艳，中午便淡化为粉红，下午变黄，晚上又会变绿。开时快，闭时也快，不轻易让人看见。

树下得道，证菩提果，菩提树由此被命名为菩提树。别名，阿沛多罗树、阿输陀树、毕钵罗树，与“菩提”两字，均乃梵语音译，道的意思。

菩提树开花吉祥，见到的人无不深感欣慰。

一天清晨，在终于恢复生机，重新成为绿水青山的一座大山之上，我与这座荒山上的种树的人谢静，一起欣赏了盛开中的暴马丁香。就在那一刻，一棵形似菩萨的白杨树亭亭玉立，在飘浮的白云下，凝视着苍生。种树人毫不犹豫地断定，是她种下的一片暴马丁香，她心中的菩提迎来了救苦救难的菩萨；是她多年的苦与泪，赢得了菩萨的垂爱。我相信她的话，宁愿和她一样沉浸在无端的想象中，在丁香花的清香荡漾中，渴盼美妙梵音、真诚清净。任由 108 颗佛珠轻轻吟诵，撒向人间。万法如如，皆为心造，即使容颜衰老白了发，即使望断尘缘。只愿青瓷一碗茶，沏入前生与今生；只愿佛的庄严微妙，化作自身修行功德，成就自己，成就他人，也成就未来……

马莲

5月的时候，青海河谷的冲积平原上，各种形态的梁、峁已经被深绿色的植被覆盖，她们或高或低，柔和的山缘，竟看不出一点高原坚硬的脊梁，恍若仙境的容貌，似乎把我带到了山清水秀的江南水乡。纯白的淫羊藿、三脉梅花草，粉色的无距耧斗菜、瞿麦在杂草间挺起身子轻移曼舞。每个柱头都在翘首等待携带花粉的蜜蜂擦身而过，为自己带来爱情。特别是那些长在河滩、泉边、草地和路旁的马莲，仿佛才出水的凌波仙子，在深绿、坚韧的茎叶间亭亭玉立，用她深沉的、令人眩晕的淡蓝吸引着蜜蜂的眼球。同时，伸展花瓣，时刻准备拥抱存放花粉粒的花药。一旦捕获花粉，柱头便开始对花粉认真评估、确认。如果正好匹配，柱头上的细胞就会释放出水液和营养物质，逐渐融化花粉厚实的盔甲，经历复杂的交配过程。假如碰不到适合的花粉，会马上将不适应自己的异类拒之门外。在无奈中选择风中捕获花粉的方式，是早春开花物种的特殊本领。而花期较长的野花则比较矜持，会把花蜜藏在深处，等待适合自己的求爱者。

马莲是我儿时非常喜欢的一种野花，曾经陪伴我度过了许多快乐、寂寞、孤独的时光。我们大院里的孩子，经常沿着清凉的小水渠、小河沟寻找马莲。

如果碰着一束，再看见一束，走不多远就会看到成片的马莲。欢呼着，奔到她的身边，摘一朵花戴在头上。然后，一屁股坐在潮湿的草地上，用一丝巧力，从马莲的根部把叶子拔下来，用她柔韧而富有弹性的叶子搭成四叠，编出小姑娘喜欢的发带、花环、小狗、小衣服什么的。

到了端阳节，如果要包粽子，马莲的叶子是最好的结绳，用她扎的粽子又香又好吃。不过，这通常是祖母、姥姥关心的事。

记得，曾经为马莲写下一首短诗。在我的记忆里，马莲神秘、幽怨，带给我的是无穷无尽的回忆。

我是湖岸的姑娘
我是湖岸的青草
青草的发辫是马莲花
马莲花的忧伤是我的心
怀抱羊羔的姑娘在春天出嫁
空空的黑发上没有花簪
没有珍珠
只有马莲

现在，家属院早已不见马莲，也不会再有蹦蹦跳跳的小姑娘，为每一年马莲的开放欣喜若狂。但是，青海东部的三川谷地、大通河谷、祁连冰沟、海北门源、青海湖东岸，即使是寒漠砾地，海拔5000米以上的唐古拉山，秀美贤淑的马莲花依然能够平静而繁茂地开放。每一处马莲花摇曳的深绿草丛，都能把你引向密林深处，麦田起伏的地方，高高的山岭。田地里刚刚拔过草的妇女，正漫不经心地坐在她的身旁歇息。劳作着的，会时而用胳臂、时而用脚蹭着马莲的叶子。而且，我还注意到，在马莲密集，被称为马莲滩的地方，会出现两三个、四五个并排的坟墓，在马莲的包围中静静沉睡。

能够长眠于此，应该是一件很幸福的事。当人类逃离土地、远离自然多年后，又不知不觉带着满身疲惫回到乡间，而马莲与人的这种最亲密的接触，也是自然能够宽厚地包容人，不责怪人，敞开胸膛接纳人，满足人回归自然、和平安宁的愿望。

我深感这一切带给我的美意，并深深地感激她与生俱来的清纯杰出的蓝，为秀丽多情的青海山川，增添一抹亮色。

辑二

深青浅绿

SHENQING QIANLÜ

曼陀罗

曼陀罗花极具鬼魅、含有美意，曾一度享誉全球。

见到她神秘的容颜是在初夏的一个傍晚，老家黄南藏族自治州保安新城内。

隆务河畔的保安古城是我魂牵梦绕的地方。不仅有着悠久的历史文化，古城的土地、河水还养育了我的四位爷爷和一位姑奶奶。四位爷爷都长得高大、俊美，特别是三爷爷，英气逼人，浓眉黑眼，气质神态如勇猛的哥萨克骑手。年轻时，他们颇受当地年轻女人追捧，而他们的才智、聪慧和意志力都是我们做晚辈的所不及的。

保安城自古便是兵家相争之地。两汉时期，先零羌、烧当羌等羌人经略此地。宋代，是唃厮啰的地盘。元时，成为蒙古族统治的地方。与此同时，蒙古人和汉人先后入主热贡，紧接着，游牧于青海湖一代的部分藏族迁居这里……可以想见，每一次的易主，都经历过残酷的血雨腥风。在保安度过童年的玉珠叔叔，二爷爷的二儿子，曾经对我讲述过一些旧日战事，似乎都与这片土地的兴衰有关。但是，在宁静、狭窄，通向我们家老屋的一条石路上，我只看见了笔直的，象征着我们家族荣耀与辉煌的十几株大树和布满累累苔藓的黑石，并无半点战争硝烟的痕迹。

家里的老屋在保安老城，离公路不远。门前留着一棵岁月绵长的百年榆树，从树的根部分成四杈，又若即若离地缠绕在一起，像不愿分离的四个兄弟，同顶着一片蓝天。老屋如今由父亲的叔伯弟弟，二爷爷的三儿子打理，修缮如新，家中有喜可在老屋举办。我从心里敬重和感激叔叔婶婶为此做出的努力、付出的辛苦。

沿河滩往里走约十几千米可进入保安新城。宣统二年（1910 年），保安老城过于拥挤，约 40 户人家迁进新城。新城是三面环山的洼地，气候温暖、水道纵横。莲花山、烧石山、铁石山三座大山似天然屏障，让这个地方成为当年易守难攻的平安之地，最早被人们称为“永安部”。新城建成后，修筑了坚固的城墙，至今留有遗迹——一座保存完好、巍然挺立的城楼。叔叔带着我们攀山，来到城楼下。山上植物稠密，开满了色泽艳丽的野花，金黄色的连翘、雪白的珠芽蓼、粉红相间的圆穗蓼、紫色的露蕊乌头、粉紫色的甘青老鹳草，还有一些不知名的小花、白色的蘑菇相互依偎，使这座古朴的城楼显出几许烂漫、几许优雅。

民国九年（1920 年），不知为何发生暴乱，新城内放哨的人喝醉了酒贪睡，让城外的人轻而易举攻进坚固的城池，烧光了房子，人们只好又挤到老城里。老城住不下，有些人便去吾屯、郭麻日、年都乎、循化等处安身。民国十二年（1923 年），新城的人又陆续回来，重建家园，最多时达到 118 户。为了使放哨的人不再因疏忽酿成大祸，有些人家的庄廓里都修建了烽火台。其中，我父亲的叔伯弟弟家中便有一个完整的烽火台，保存至今。

下雨了，青草洁净而富有弹性，淡淡的清香飘过，一朵朵洁白的小花似旋转的小风车，落在湿润的草地上。这是我从未见过的花，花瓣宛如白缎，盘绕在枝头。原来，这就是传说中的曼陀罗，居然生长在老家保安新城内绿草鲜花覆盖的山坡上，实在令我欢喜。早就听父亲讲过曼陀罗，能在这里见到她无疑是一种缘分。

曼陀罗乃印度梵语译音，又为满达、曼扎、曼达，喜欢湿润的土壤。

隆务河为藏语音译，意为金色的谷地。全长 156.8 公里，流域面积 4960 平方公里，发源于黄南藏族自治州泽库县境内，从恰科日乡夏德日山区海拔 4000 多米处，流至海拔 2000 米的三川谷地，是黄河的重要支流。沿岸山清水秀，地貌不断发生变化，植物种类丰富。生活在这里的人们农牧兼具，且艺人辈出，绘画雕塑之风极盛，隆务河畔的吾屯、年都乎、郭玛日、脱加、尕赛日这五个自然村，竟成了人人会作画的“藏族画家之乡”，被人们统称为“五屯”。

除了这五个自然村，同仁地区隆务河畔几十个村子的人都有艺人以绘画为生。他们高超的技艺和声望四处传扬，足迹遍及我国青海、甘肃、四川、内蒙古、新疆、云南、北京等地，以及印度、不丹、尼泊尔、蒙古、泰国等国。

在热贡艺术的发展中，非遗传人夏吾才让大师是诞生在同仁地区的杰出而伟大的热贡艺人。即使走在家乡保安窄小的巷道里，也能从家家户户考究的门庭、门楣之上，感悟到夏吾才让大师生前所主张的集建筑、绘画、雕塑三位一体的设计理念，所提倡的中西艺术交融、蕴藉无限的艺术境界。

艺术创作中，曼陀罗的形象无处不在，令欣赏到她的人无不感到欣慰愉悦，联想到语言无法道尽的天然意蕴。神话传说中，曼陀罗是象征，是隐喻，是欢乐，也是痛苦，蕴含着悲剧、快感的意动。西方传说中，曼陀罗同样被赋予神秘色彩，特别是黑色的曼陀罗，被寄予人类厚望，居住在花心的奇妙精灵，可以帮助你实现心中愿望，但必须付出同等的代价。在古老的西班牙，曼陀罗花又似冷漠的观望者，常常盛开于刑场附近，麻木而忧郁地注视着生命即将消亡的人。

曼陀罗的主要成分为莨菪碱、东莨菪碱及少量阿托品，起决定作用的东莨菪碱是外科手术中最早使用的麻醉剂和止痛剂。其中东莨菪碱，毒性比炭疽更强，稍一过量服用即可致命，是一种莨菪烷型生物碱。可用于麻醉、镇痛、止咳、平喘，对动晕症有效，且有极高的致幻作用，导致了曼陀罗花给人爆发力甚强的感觉，麻醉、致命、热烈。

作为一种绘画中被赋予神秘感的图案，曼陀罗显示出了她的复杂性。心理学家荣格看出其中的奥妙，说她像数学公式符号，代表着一种精神秩序。

曼陀罗又名枫茄花、万桃花、醉心花、野麻子、闹羊花等，为茄科野生直立木质草本植物，分为白花曼陀罗、红花曼陀罗、紫花曼陀罗等。花单瓣，均为白色，没有花蕊。虽有毒性，危害其他植物的生长，却因容颜清秀空灵，这无蕊的白花，很久很久以前就被人们万分喜爱。

除了草本植物曼陀罗花，还有木本曼陀罗。木本曼陀罗与草本曼陀罗同科同属，为灌木或小乔木。与草本的曼陀罗不同，木本曼陀罗花筒较长，能长到20 ~ 35厘米，花朵下垂，有芳香果木实质不裂。由于花朵形态优美，状如喇叭，所故又名风茄儿、山茄子、大颠茄、金盘托荔枝、佛花、喇叭花、恶客、醉仙桃。

半日很快过去，山雀在落日中低飞盘旋。余晖中，保安古城异常宁静。红山绿树、青石白花悠然自得。柏香的味道在暖阳中渐渐飘散，不远处的吾屯、年都乎、郭玛日、脱加、尕赛日村传出轻轻的海螺声。

没有比这里更寂静、更安宁的地方了。曼陀罗繁复多变的象征意义，如此非凡，如此奇妙，怎不叫人心神荡漾，如临仙境，沉醉其中。

红花绿绒蒿

此时，正是初夏。隆务河边种着小麦的田野里翻动着整齐的绿浪，家家户户院墙上，露出的果树枝结满了酸梨。人们对于土地的眷恋、珍爱，甚至争夺的初衷，不就是想拥有这样一处可以安生修养的居所吗？

在细雨中爬山是不知疲倦的，何况山上有很多乐趣。几个七八岁的男孩，围在一个山洼里叽叽喳喳，走近了，才看清他们是在用烧红的灰土崩蚕豆吃，这是很多男孩小时候喜欢做的事。另外，草稞子里布满了伸手可及的地皮菜，一会儿工夫就捡了半袋子。

热贡艺人娘先说，等到树上的酸梨熟透了你们再来，那时候，吃的东西多。我咂咂嘴，咽咽口水。别说其他，单就新打出的面粉烤出来的焜锅馍馍，就足以让我流口水了。

沿隆务河继续向南，黄南藏族自治州泽库县境内的麦秀原始森林中，高寒乔木、灌木、草本植物茂盛。密密实实的青海云杉、紫果云杉、白桦、山杨及祁连圆柏依山而立、翠绿挺拔。由于受海拔高度、自然条件、复杂的生态环境影响，麦秀林场的植被以青藏高原类型为主。植被分异强烈，既有河谷草地，又有寒温性森林和高寒灌丛，植物大部分是青藏高原隆起后的遗留物种，野生植物种类丰富，大部分物种仍保持完整的自然状态。山峦起伏、沟渠纵横，鬣羚、雪鸡、鹿、猞猁、普氏原羚、灰鹤、蓝马鸡、岩羊等野生珍稀动物在山林间生活。

经过麦秀原始森林，进入河南蒙古族自治县境内，黄河上游重要的支流洮河出现在眼前。七月的洮河，所有的意向都指向天宇。河床温暖，石山葱郁，草地芬芳，绿得望不到尽头。更令人惊讶的是，虽身处海拔 3700 米的高度，洮河却是黄南藏族自治州境内唯一冬季不结冰的河。这就使得这条偏僻淡泊、不甚喧嚣的黄河支流，有了几许神秘的韵味。而我，对于这条河流的爱意、眷恋，来自它在宽广无垠的草原上日夜兼程时带来的全部的风景和别样的美。

世界上，哪一条河不依赖土地，又滋养着土地。从发源地青海省黄南藏族自治州河南蒙古族自治县，李恰如山与莫尔藏阿米山之间的代富桑滩，进入牧民的生活开始，洮河便携带着与生俱来的生存活力，维系着黄河上游乃至中下游的草地生态和湿地生态系统，成为上苍赐予青海，给予河南蒙旗草原人幸福、安宁的生命线。

雨过天晴，草地清凉，空气里弥漫着草木的味道。融融的阳光下，洮河轻轻跃动。泛起的粼粼波光清莹澄澈、银光闪闪，霸气十足地照耀着两岸。于是，河流两岸，渐次出现了一幅又一幅以密集的高山草甸、层层灌木为主题的山水画。画中，有野花、小溪，有珍贵的留鸟蓝马鸡、候鸟灰鹤飞过，还有隐秘于林间，悄悄出没的雪豹、鬣羚、白唇鹿。而雪莲、贝母、大黄、冬虫夏草、藿香、紫花地丁藏匿于深山，只能在披碱草、嵩草中寻觅踪影。后来再去时，竟然在麦秀林区发现了兰草，青海高原很少见到的植物。

在这片辽阔的草原上，洮河是这片土地的主人，有着至高无上的权威。其尊严与王者气概、宽容与敦厚善良，是对土地的承诺，也是对草原的款款深情。

天色湛蓝，洮河像蓝色哈达，像牧羊女，又像西倾山下的河曲马，令大地生辉、阳光含笑、月亮欣慰，神采奕奕地流满山谷，千年万年，不知疲倦地养育着草原、牧人、鲜花与牛羊。

一只好奇的旱獭从山上跑下来，双手作揖，孩子般驻足而立。它凝视的远方，是洮河对岸嵯峨俏丽、青草葳蕤的山峦；它激动不已的是，正有一道道浓密的头花杜鹃、千里香杜鹃，顺山坡瀑布般倾泻而下，云蒸霞蔚。

再往前，洮河头顶蓝天，浩浩荡荡。几只娇小的山雀在宽阔的河面上低空飞翔，呢喃自语。金黄色的酥油花、红色的珊瑚花、蓝色的达乌里龙胆热烈绽放，草原变成了华丽的锦缎。

曾经在大坂山东麓的石坡地，见过葵花般大小的全缘叶绿绒蒿，那酷似皇后般雍容华贵、仪态万方的气质，让我心神不宁，写下了一首首赞美的诗。

为了寻觅传说中的红花绿绒蒿，我和凯章曾经循着当年约瑟夫·洛克的足迹，到过甘肃迭部的扎尕那。2009 年 11 月 10 日，扎尕那被《中国国家地理》列入“中国十大非著名山峰”，成为西部旅游的热点。在我眼里，扎尕那犹如一座巨大的天然石城。城内坐落着藏族村寨，村寨四周山峰高耸入云，山间峡谷幽深，地势落差悬殊，孕育着绚烂多姿的多样性植物景观，是高山野生观赏植物多样性分布密集的热点地区之一。春夏时节，无论高山草甸、灌丛，还是高山流石滩，各种高山野生花卉都陆续开放、绚烂多姿。野生兰科中，最具观赏性的大花杓兰，国家一级重点保护野生植物黄花杓兰比比皆是。报春、百合、鸢尾、马先蒿这些高山花卉，更是把扎尕那装扮成了花的海洋。同时，在扎尕那，我幸运地见到了和全缘叶绿绒蒿一样让我目瞪口呆的红花绿绒蒿、多刺绿绒蒿、川西绿绒蒿。

而今，在洮河两岸，我又幸运地目睹了精致、羞怯、明艳、内敛的红花绿绒蒿，让我敏感脆弱的爱花之心，遐想不尽、爱恋不已。

红花绿绒蒿和多刺绿绒蒿一样为罂粟科，多年生草本植物，是国家二级重点保护野生植物，高原旗舰级珍稀植物。

生于海拔 2800 ~ 4300 米的山坡草地的红花绿绒蒿形态别致，娇艳美丽。花丝条形，花药长圆。在野草丛中低垂着眼帘，接受着我惊叹的目光。随着日光偏斜，红花绿绒蒿的色彩逐渐改变，由艳丽变得深邃文雅。在身体吸收了白昼的热量之后，她需要调整心态迎接黑暗的到来。

我常常幻想夜里花的模样，会不会因为没有阳光照耀而处于睡眠状态，比如依赖白昼阳光的太阳花。当然，美丽绝顶的昙花是个例外，她专门在夜间怒放，散发馥郁清香，短暂得令人心颤。但是，红花绿绒蒿不属于夜半休眠的花，她颈部的细茸毛会帮她解决一些无法预料的问题。无论怎样，当黎明到来，太阳再次升起，红花绿绒蒿依旧如阳光般明艳，在碧绿的草丛中表现着她独立高贵的美。

天池孟达

青海的夏天到了，这是高原最美的季节。

身处循化撒拉族自治县孟达自然保护区，享受到的又何止是跟野花在一起的幸福。我发现，这里的植物正在以超乎我想象的舒适、轻松的状态生活，构成的是独特环境下的优美。

映入眼帘的，首先是一丛繁茂的落叶灌木互叶醉鱼草。她长在通往天池的车道边，深紫，密集，奇香，花萼钟状。在绿木葱茏的背景下，醒目，又不乏和谐温柔。

互叶醉鱼草是捩花目马钱科醉鱼草属植物。枝上互生，数不清的花朵组成簇生状或圆锥状聚伞花序。雄蕊着生于花冠管内壁中部，花丝极短。花药长圆形，柱头卵状。种子多颗，狭长圆形，灰褐色，周围边缘有短翅。

开车的杨子停下车，给了我拍照的机会，我便不停地拍，一直拍得他嚷嚷起来。再往上，车无法行驶，上山的路有两条，一条是供游人行走的木栈道，一条是骑马的上山道。我们选择走马道，步行。伴我来的除了凯章，还有我的父亲和丈夫杨子先生。父亲在西北高原生物研究所工作时，曾长期在青海野外探秘，如今虽七十高龄仍意气风发。杨子喜欢爬山，本来学的就是摄像专业，自然不在话下。

目前，我国对有代表性的自然生态系统、珍稀濒危野生动植物物种的天然集中分布区，以及有特殊意义的自然遗迹，还有所在陆地、陆地水域或海域，划出了一定面积，予以法治下的特殊保护和管理，这种区域被称为自然保护区。其中，自然保护区有科研保护区、风景名胜区、管理区和资源管理保护区四类，在级别上分为国家级自然保护区、地方各级自然保护区，旨在构建国家生态安全屏障和地方生态安全屏障。

孟达自然保护区是以森林生态系统水源涵养林为主要保护对象的国家级自然保护区。位于青海省循化撒拉族自治县东部的黄河两岸，处于昆仑山支脉西倾山的东北边缘、青藏高原和黄土高原接壤处的特殊地带。海拔从黄河岸边 1780 米向南逐步升高，区域内最高峰当蕊山海拔 4182 米。保护区总面积 17290 公顷，森林覆盖率 88.6%。东与甘肃省接壤，黄河呈东西走向贯穿保护区。

保护区内植物区系成分复杂，森林植被以针阔叶混交林为主，具有过渡性特征，对黄河上游的水源涵养和研究植物进化、群落演替有着非常重要的意义。

孟达是青藏高原东北部与陇西黄土高原边缘的交汇地带，植物区系成分复杂，可供观赏的珍奇植物不下百种。有不同花色的各种杜鹃，有花瓣似丝绸般柔软华丽的红花绿绒蒿和花形如卵的黄花杓兰，还有花似铃铛的铃兰、沙参和清香扑鼻的山梅花。此外，各种蔷薇、绣线菊、忍冬、柳兰、百合花和红瑞木在林内林外到处可见，鲜艳动人，别具风姿的东陵八仙花更使人久久难忘。

马道由石子、砖块铺就而成，破碎不堪。树木的气息、马粪的味道、浓郁的花香混杂在一起，使得这片逶迤高俊的湿地显得尤为神秘。草丛中，星星点点的野花是紫红的无距耧斗菜，接着是素净而精致的瓣蕊唐松草。

原产欧洲的耧斗菜有很多种，她比人类更早来到地球，不断演变、改进。在美国的洛基山脉，人们觉得她像鸽子；植物学家林奈在《植物种志》中称她为“秃鹫花”；中国植物学家给她起的名字是“耧斗菜”，民间曰“血见愁”“猫爪花”。在古老的希腊，生长在沟谷深处的无距耧斗菜是见证战争残酷、胜者骄傲的胜利花，只要岩石缝里存有些许泥土、点滴水分，便足以使她怒放再怒放，可见这种花带给人们的联想多么丰富有趣。

唐松草属毛茛科，多年生草本，品种较多，约有 29 种可供药用，不少种类均有清热、治湿、发汗、止痢、治目赤等作用，其中 14 种在民间被用作黄连的代替品。在这些种类中，瓣蕊唐松草、多叶唐松草、昭通唐松草、滇川唐松草、贝加尔唐松草中含有小檗碱，值得做进一步的研究。其中，有着别具特色、多次分裂的叶子，开着蓝紫色大花的偏翅唐松草，被植物学家公认为是唐松草家族中最漂亮的花。但，我至今未能与她谋面。

一匹棕色的马疾步而下，我不由抬头瞩目，一直到它消失在我们的视野中。脚下草木丰盛，绿茵无边。凯章找到了天南星和七叶一枝花，杨子见到了大量的薄荷。父亲说，一般有七叶一枝花的地方就有蛇，本身有毒的她又具排蛇毒的功效。所以，大自然总是这样神奇，带来无穷想象。这个季节，正是七叶一枝花一个劲儿往上蹿的时候。

近年来，人们对重楼属植物云南重楼、七叶一枝花的栽植技术研究十分重视，可见她们对人类的益处。这些植物通常分布于我国西藏东南、云南西北部和四川西部，但是在孟达自然保护区，天南星和七叶一枝花却遍布林区，和不知名的杂草一起随意疯长。

在一棵沧桑古老的千年白杨面前，我们驻足良久。

历经风风雨雨后，千年白杨枝干遒劲挺拔，绿叶郁郁葱葱，向大地证明着自身强劲的生命力。孟达自然保护区群山突兀、河流切割强烈，属河流切割的断块高中山地形，最高峰当蕊山海拔 4182 米，最低处的黄河岸边只有 1780 米。中心地带有一处面积约 20 公顷的堰塞湖——孟达天池。特殊的地理位置和复杂的地形使保护区内形成了优越的小气候，与同纬度、同海拔地区相比，气温高、降水多、空气湿度大、风速小，非常有利于植物生长，素有“青海高原的西双版纳”之称。孟达自然保护区内近百种植物位于国内同纬度分布的最西端，大面积的青扦纯林像连绵起伏的波浪，既有独特的生物地理意义，又为莽莽苍苍的青海高原披上了一层厚厚的绿装。

一声声嘶哑的鸟叫传来，将我们引向密林深处。这只鸟的叫声根本不像是幼鸟的声音，父亲却说，一定是出去觅食的鸟妈妈没有按时归来，饥饿的小鸟在呼唤自己的母亲。父亲上了年纪，什么都喜欢往忧伤的故事上套。这时，杨子看见了一棵老松树下像蘑菇一样簇生的褐色果实，凯章和父亲看了又看，断定是松树上落下的松子在这湿润的土壤中发了芽。

就是在这里，父亲一眼看见了对生的茜草。这是我没有料到的，于我而言是极大的收获。父亲当时为我起名字的时候，也许考虑过让我成为一棵保持质朴、藏于密林和草丛间的小草，而我的一本散文集《茜草为红》的书名则更为直观地表达了我本人对茜草的依恋与热爱。书名取自文化修养高、品质高洁的作家兼画家、书法家车前子送给我的一幅书法作品，是他即兴写下的一句话。

茜草为茜草科多年生草质攀缘藤木，根状茎和须根均为红色，花是淡黄色，古时称茹藘、地血，有凉血止血、活血化瘀的功效。茜草的根部含有茜素、茜紫素，是人类最早使用的红色染料之一，早在商周时就已经是主要的红色染料。经茜草染色、套染后的丝绸，可以得到从浅红到深红不同的渐变色调，非常漂亮，而且根据考古发现，我国出土的大量丝织品文物中，茜草染色占了相当大的比重，历代文献中也多有记载。可以想象，茜草为爱美的女人，增添了多少千姿百媚的神韵。

孟达自然保护区夏季凉爽可人，马道两边蔷薇灌木丛中点缀着白色、黄色的小花，西北小柏花多得挡住了视线。珍珠梅是这片灌丛中集中生长且清新、明亮的花。再往上，藤本植物金银花、高山绣线菊出现在我们眼前。甘肃山楂、野杏、野梨的花早已经开过，进入了幼果期。漂亮的蕨类植物伴随着苔藓、石耳、地耳隐藏在树下隐秘的地方。植物学家认为，地耳蕨、巢蕨是热带和亚热带气候的标志，那么，是否可以认为，青海循化的孟达湿地有这种气候的特点，有可能分布着热带和亚热带植物。

太阳光斑从树梢落到草丛中，落在我喜悦的脸上。能和父亲、凯章、杨子一起享受夏日青海的美好，看到从未遇见过的野花在孟达天然的湿地恣肆浪漫，有种说不出的快乐。我们一边细细寻觅，一边拍照，继续前行，仿佛在与阳光一起移动。在这里，我感觉到了森林潮湿的气息、充足的氧气，感觉到了阳光落在我心上的热度。谁能想到，青海高原的植物会如此繁多，多得让我大开眼界、喜上眉梢，多得我无法记住所有的名字。

越往深处，野花越稀奇。百合科多年生草本植物玉竹精致的淡米色小花，颇像云南的白兰，花柱、花药和花丝被包裹在细腻的苞片里，不知是常绿灌木还是落叶灌木的三颗针上长着金黄的小花。又走了一会，凯章意外地发现了不容易见到的山荷叶。

八角莲的花已经开过，只留下两片连在一起，像极了荷叶的圆叶，附在绿草上。八角莲又叫作金魁莲、旱八角，属于小檗科植物，花期为春末，花苞下垂，在两个叶柄交叉处生出，是民间常用的中草药，入药能散风祛痰、消毒解肿，解毒功效特殊，和七叶一枝花一样可治蛇咬伤。父亲告诉我，八角莲的花非常漂亮，当花瓣遇水的时候，会变得晶莹透明，纹路清晰，如同画家笔下的素描作品。

一株红褐色的东陵八仙花，像一棵大树矗立在我们眼前。遗憾的是，花期已过。这是父亲铭记在心的花，也是他此番孟达之行希望了却的一个心愿。年轻时，他在数次探访孟达的经历中，一直想见到虎耳草科绣球属的东陵八仙花。喜欢阳光，喜欢生活在半阴、湿润环境中的落叶灌木东陵八仙花在青海罕见，但确实存在，生物研究所的一位植物学家曾在孟达亲眼见到。凯章说，他过去也没见过，我和杨子更觉得好奇。但是，无一丝白云的蓝天，突然在没有树影的上空豁然开朗，海拔升高至2500多米，蓝天、湖水、绿峰顿时融为一体。天池到了！

我已经很久没来天池，此时的感受，和多年前有所不同。“天池”是汉族人的称呼，当地的土族人叫它“神仙淖”，藏族人则称“拉郎措”。孟达天池不如新疆天山天池、东北长白山天池大，却有自己的特色。天山天池周围雪峰挺立，与天池还有一定距离；长白山天池也在群山环绕之中，可山上植被稀少。孟达天池则是被绿荫稠密的山峰紧紧相拥的一池湖水，碧绿的水面与群山相映，美如翠玉。

父亲在天池边休息，慢慢欣赏，我和凯章、杨子沿天池边向西攀岩。孟达的植物有明显的过渡特征，区系成分以华北地区成分为主，也有唐古特地区和横断山脉地区成分渗入，还有从秦岭渗入的成分。此外，属多种少，植被垂直分布，随海拔、坡向呈现一定的规律性。黄河河谷台地和干旱山坡为旱生植物带；低山山地是以杨树、桦树、辽东栎为主的落叶阔叶林及华山松、油松林林带；松栎林带以上为青海云杉、桦树等针阔混交林带；再往上便是亚高山紫果云杉、巴山冷杉针叶林带，高寒山地处为杜鹃灌丛及高山草甸带。

从全国范围来看，不少植物种已属自然分布的西线边缘，秦岭植物由河谷西上，华北黄土高原植物依山沿水南来，青藏高原植物顺山系东下，使这里成为华北、黄土高原和青藏高原植物的汇集点，并以固有的生态习性分布在河谷、山地、高山和草甸地带间，组成了较为特殊的自然生态景观，为植物学、生态学、林学等有关学科提供了很好的研究环境和研究资源。

孟达自然保护区海拔2100 ~ 3200米为水源涵养林。由华山松、青海云杉、巴山冷杉、祁连圆柏等针叶树种和山杨、辽东栎、白桦、红桦、糙皮桦等阔叶树种，以及忍冬、小檗、蔷薇、珍珠梅、毛榛子、大叶钓樟、锦鸡儿等灌木组成；海拔 3200 米以上的高山灌丛草甸有杜鹃灌丛、金露梅和鬼箭锦鸡儿等灌木林和禾本科植物；河滩谷地分布有呈低矮灌木状的文冠果群丛、互叶醉鱼草等。

很快，我就看到了从岩石缝隙中伸出的一簇簇条裂黄堇、红花岩黄蓍，草丛中亭亭玉立的紫菀和几枝微孔草。微孔草是我熟悉的花，青海湖畔的东岸和北岸都有分布，蓝色的小花十分迷人，深深地吸引着我。令人遗憾的是，桃儿七比我们预想的开花时间提前了许多，完全看不到她富丽堂皇、饱满风韵的玫红色花朵。仔细观察时，才隐隐约约见到绿叶遮蔽下，已长成红枣大小的果壳。但是，还有一连串的惊喜让我惊讶地叫出声来，森林里绿草铺满大地，一株株高大的太白红杉下，川赤芍靓丽的面容在绿茵中静静浮现，像妩媚的娇娘，闪耀着令人眩晕的光彩。

毛茛科芍药属的川赤芍，是我国特有植物，凯章内心十分推崇，为她拍下了许多珍贵图片。尽管开花的她从不在乎他的感受，也从不因他的崇拜便理会他，但他依然无怨无悔。有几株紫花碎米荠，模样秀丽可人，但我无论如何也对不准焦距，一幅清晰的图片都没留下来。正在叹息，杨子和凯章却开心地叫了起来。原来，在一片潮湿的草地上，终于发现了期待的兰花。来之前，凯章夸下海口，一定会在孟达找到兰花的踪影，这会儿总算如愿以偿。

我国地域辽阔，生态环境复杂，植被类型繁多，兰花资源非常丰富，但从数量分布上从南到北依次递减。一般来说，地生兰多生于温带地区和亚热带地区，如江苏、安徽、河南；附生兰多生于热带地区和亚热带地区，如广东、福建、台湾。有植物学家曾经断言，青海不可能有兰属植物。所以，能在孟达亲眼见到兰花，足见孟达湿地植物资源的丰富。杨子的老家在陇南山区，嘉陵江汩汩流过，山区兰花遍地，开着嫩绿、黄绿的花。有一次我同他去月亮峡游览，脚下兰花丛丛，清香四溢，真乃春风大雅，美不胜收。

在接近第三级瀑布的山坡上，见到了一朵让我沉醉其中，久久不愿离去的长瓣铁线莲。同青海湖畔俗称“毛丫头”的甘青铁线莲完全不同，长瓣铁线莲薄如蝉翼的蓝色花瓣似轻纱柔滑，甜蜜地缠绕在一棵树皮龟裂的树枝上，幸福得像一个无忧无虑的小姑娘。长瓣铁线莲同样是我极喜欢的花。同时我能确定，一飞而过的山雀也看到了这朵迷人的花，因为山雀的眼睛远比人类敏感，吃饱喝足后，也会有欣赏美的兴趣。

孟达湿地的国家级保护植物有太白红杉、桃儿七、羽叶丁香，其中列入《中华人民共和国药典》的有 81 种。林区内国家一级保护动物有斑尾榛鸡，二级有林麝、岩羊、蓝马鸡。羽叶丁香的花开过了，我们没有能力找到她。一棵生长在石崖上的百岁海棠，也未见身影，而更多的野花一定藏在茂盛粗壮的青扦树下、密实的杂草丛中。

父亲说，这里的氧气太充足了，我坐在这里，睡着了好几次。我知道这是青扦的功劳，她能产生极强的负氧离子，还是一种再生能力很强、枝株多生、绝少枯死的树种。可以说，这也是孟达秀丽如南方林地的其中一个重要原因。

当然，让我感到非常幸运的是，我见到了一株从未见过的野花。几天后才得知，这就是我神往已久的蓍草，浸满了我少女般遥远、空虚而忘情的梦。

就要下山了。我直起身子，环顾四周，层层绿树覆盖下，群山俊俏、连绵起伏，不由心中感慨。岁月无边，尘埃无边。只有青翠的山岭足以清洗我的身心，我的双眼。

野花还在慢慢开放，古老的马道，像从前一样蜿蜒而下，送我回到谷底。

蓍草的生命空间

10多年前，诗人王刚为我起了个笔名——蓍草。

王刚是位诗人，诗写得好，人很有个性。他颇为神秘地告诉我，蓍草多被古人用来占卜，最早出现在《易经》。

又过了几年，一起长大的发小，北京师范大学教授郭延平，小名唤作三平的，突然发现我在网上偶尔使用的这个名字，欢喜至极。近些年，她一直在研究有关蓍草的物种形成和进化问题，很奇怪我为什么会起这样一个生僻的笔名。而我更是大喜过望，总算有人与我分享蓍草的奥妙，并为我科学地解释有关蓍草的一切。她的生长，她的繁衍，她的喜怒，她与人类千丝万缕的关系，以及冥冥之中，让我如此迷恋，如此难以割舍的她那千年万年隽永不灭、灵魂高远的原因。

当然，对于我这样一位只是迷恋野生花卉的爱好者，科学家的研究过于深奥、专业，以至于使我一度望而生畏。可尽管如此，我还是花费了一定的时间、精力，按照我的理解方式，对蓍草进行了认真探究。虽然这种了解有些一知半解，但足以提升我对野生花卉的辨识能力，且在感性认识的基础上，增加一些理性思考，以此满足我强烈的好奇心。因为，除了东方文化，西方文化中蓍草的拉

丁学名 *Achillea wilsoniana*，便源自希腊荷马史诗战神阿喀琉斯（Achilles）。且她本身具有的抗炎解毒的代谢产物（植物药用成分），是古战场勇士们为自己解除毒箭之伤的有效药物。这使蓍草这个东西方文化中皆含有神秘色彩的植物，在进化生物学研究中独领风骚。

蓍属是菊科植物中的一个属。蓍属包括100多个物种，广泛分布于北半球的欧亚和北美大陆。蓍属植物的叶形变化多端，比如，有的像柳叶但边缘有锯齿，有的像羽毛状分裂。郭延平教授和她的学生们对造成此变异的原因在基因层面上做了初步探讨。在此基础上，她们通过总结大量该领域的研究成果，在《植物叶缘形态的发育调控机理》这一综述文章中梳理了迄今人们对植物叶形多样性形成和演化机制的认识。这其中，除了拟南芥、碎米荠、烟草、番茄、苜蓿、豌豆等植物，蓍草也荣幸地承担了为此项研究提供实验依据的重任。

在《植物叶缘形态的发育调控机理》中，三位学者首先为我们解释了表型多样性的形成和演化机制研究的学术价值，这是生物多样性研究的关键问题之一。

因为表型多样性与物种多样性密切相关，同时又承载着环境的变异信息。植物的叶具有丰富的形态多样性，一个植物的叶形态不仅取决于其系统发生和遗传信息，还有生态因素的作用。叶片不仅是光合作用的重要场所，也是植物感知光、温度、水等环境变化的重要器官。对被子植物而言，为了进一步适应不同的陆生环境，更有效地利用光能，植物在叶形方面发生了巨大的变化。可以说，叶的形态变异不仅是植物适应不同环境的具体体现，也是植物表型多样性的重要组成部分。

有趣的是，三位学者在论及这个严肃的话题时，想到了早在18世纪，德国哲学家、诗人歌德，在他伟大的诗行和有关学术性的文章中，发现各种叶形可变异性的端倪。歌德观察到，从一个植株上叶的形态转变，可推测叶形的本质，在于不断变化。

这短短数语，来自治学严谨的学术论文，来自一位充满浪漫气质的诗人，足以证明，一切文化艺术、学科体系无不包含生命科学的真理。这让我茅塞顿开，如醍醐灌顶，如梦中苏醒。

感谢蓍草，感谢学者们的智慧，令我近年来用质朴、浅显、易懂的语言，所陈述的有关青海高原野花的文学志，有了积极的意义。蓍在我国分布的数个物种有着特殊的形态分化式样和地理分布格局。在我多次请教郭延平教授后得知，齿叶蓍和高山蓍在青海均有分布，而且很可能在秦岭延伸段相对湿润的地方，比如孟达湿地、祁连山一带。

郭延平教授是一位朴实、平和的性情中人。她长期致力于研究、讲学，性格开朗，为人热情，诚实敦厚，对所从事的科学事业执着努力，爱岗敬业。有一年去内蒙古阿尔山考察，她拍下了一张被菟丝子缠住的蓍草的照片，非常喜欢，曾这般动情地描述这朵娇弱而秀丽的蓍草："这一张是我最喜欢的，虽然长法儿有点偏离自然状态，被一根菟丝子缠住了，面向天空的花序从而弯下了腰，植株也被菟丝子剥削得略显细弱，但这样反而给她增添了几分娇柔的魅力和艺术气息。自那时起，我一直拿她当手机屏幕照。"而今，当我写下这篇文字时，她又慷慨地将照片赠予了我，这张照片同样成了我最喜爱的一张蓍草照片。

由于环境不断变化，青海境内的野花分布、野花生长、野花形态的变化，完全蕴含在生命基因中的求生力量，都使我对于生长在平原、高原、峻岭、河谷的野花，具有不同形态特征且不断发生变化，显现出的千姿百态，有了更加清晰、深入的理解。同时，野花的价值、野花的生命，在我心里树起了至高无上，简单生存意义之上的精神价值。

一切借助自己的力量繁衍后代、生存壮大的生命，都是这个世界，乃至这个地球上，值得人类无尽地去赞美、去讴歌的崇高境界、生命力量。因为，每一朵野花都像一缕清纯的阳光，照亮了自己，照亮了自然界，也照亮了人类。

《植物叶缘形态的发育调控机理》一文，论述了植物叶的发育是一个非常有趣的过程。一方面，叶发育的过程具有很强的可塑性，不同的环境决定着不同的叶片大小和形态；另一方面，植物叶片的发育又遵循着一个基本模式，是一个比较保守的有序过程。叶边缘发育是叶形态建成的最后步骤，很大程度上，决定了植物叶形的复杂度。

学者们强调了自然选择对于植物叶形多样性形成的作用。如叶缘裂刻能调节叶面温度和水分流失，对干旱、高温等逆境胁迫表现出更强的适应性。而且植物学家早已发现边缘的裂核能帮助叶片更好地适应低温，如高纬度或寒冷地区的植物，更多地拥有边缘锯齿状或深裂的叶片，因此叶裂的深度可作为地球演化历史中，陆地地块年平均气温的指示物。

郭延平教授说，随着研究的深入，越来越多的调控因子，如转录因子、小分子 RNA 及植物激素等被发现与叶边缘发育相关，但它们在复杂调控网络中的作用机制仍不清楚。要阐明叶缘形态的多样性与其复杂易变的调控网络之间的联系，还有很多难题有待解决。当然，随着分子生物学技术和生物信息学方法的发展，人们有机会获取越来越多的信息。

在阅读与学习中，科学家的治学态度、严谨作风，令我对生命科学研究领域的学者肃然起敬。他们通过大量的实验数据，对有关生物体表型多样性的形成机理进行了严密的考证，这对于科学的发展，对于保护人类及其赖以生存的动植物都是非常有益的研究。

那么，就让我们共同期待，从事生命科学研究的专家，为我们不断揭开生物表型多样性形成和演化的神秘面纱吧！

给一个脆弱而坚强的生命注入绵长，带去熨帖和永恒，是科学家的使命，也给予我——一个写作者，生命相关的境界，一个有意义的世界。

三平，我的小朋友，加油哦！

雨中南佛山

雨水让南佛山下密集的灌木丛散发出潮湿的气息。在沾满水珠的草地上，我一下子就发现了始终让我心动不已，忘情又陶醉的蓝。这是属于蓝花卷鞘鸢尾的蓝，和达乌里秦艽、天蓝韭、管花秦艽、华丽龙胆的颜色接近，在深绿的叶片中，晃动着似妖姬般深不可测的媚眼，闪烁着海水般深沉的波纹。这不由地让我想起梵高的名作——收藏于美国加州保罗盖兹美术馆的《鸢尾花》。画面上的蓝色鸢尾尽情怒放，尽情盛开，有着无尽的生机与律动，张扬着生命的倔强，却又隐藏着作者饱受精神折磨，忧郁、孤傲、凄冷，同时又躁动不安的情绪。

一只山雀从眼前飞过，将我引向深不可测的灌木丛。绿荫中白色的绣线菊团团锦簇，让绿色更绿，白色更白。绣线菊为蔷薇科绣线菊属植物，落叶灌木，根系发达，抗旱性强，喜光、固沙，还是吸引蝴蝶、蜂蜜的蜜源植物。这让我意识到，比起瓣蕊唐松草、獐耳细辛和银莲花等开着无花蜜的杯状花朵的毛茛科植物，绣线菊更能引起诸多昆虫的瞩目，替她们传送花粉。

山崖之上，红花岩黄耆、天山报春从石缝中露了出来，美蔷薇、小叶蔷薇开着粉红的花朵。眯起眼睛慢慢定格，一心为枝头鲜艳的美蔷薇留下精彩瞬间。

突然发现，镜头中红色花枝的身后，竟然藏着一排排整齐的蕨类，叶子背面长着七星瓢虫般的孢子。

小型叶蕨类植物中，孢子囊单生于孢子叶的近轴面叶腋或叶的基部，很多孢子叶或紧密、或疏松地集生于枝的顶端，形成球状或者穗状的孢子叶球、孢子叶穗。比如，石松和木贼等。但是，生长于此的这一排蕨类植物，并没有形成孢子叶穗，孢子囊也不单生于叶腋处，而是在背面或边缘，由许多孢子囊聚集成不同形状的孢子囊群或孢子囊堆。显然，这些排列整齐的蕨类，属大型叶蕨类植物。

对我来说，这是重大的发现。虽然蕨类植物不开花，可在我心里，她就是花，古老的花，不能被遗忘的花。

顺着实惠沟的小河往前走，太阳花、菊叶委陵菜、圆叶小堇菜、忍冬、蒲公英长势茂盛。植株矮小的东方草莓还未挂果，开着小小的白花。金灿灿的还阳参紧贴在地皮上，似粒粒琥珀。最让我开心的是，小河滩上不知名的杂草中，端坐着一丛独立的紫罗兰报春，潺潺不息的流水声中透着温馨甜美，我得以不受任何约束、干扰地欣赏她质朴而柔美的花瓣。

南佛山在湟中县鲁沙尔镇西面 15 千米处，山峰奇异，高耸入云。山下流淌着清澈见底的湟水支流实惠沟水，河两岸看不到边的灌木花卉清香四溢，为野花，也为蕨类植物提供了生长空间。北岸沿一条陡峭的羊肠小道可直达山巅。山上泉水飞瀑，泻玉喷珠，清洌甘甜，有道教庙观依山势修建，大小洞府隐秘于树木草丛。清幽宁谧，飘飘欲仙。天然形成的绿阳洞中有小洞曰黑虎洞，洞口绘有黑虎饲子图，洞前立着 600 斤重的古铜鼎，洞顶有古柏一株，形似盘龙。两株皂角树盛夏开花。满山满坡的高山杜鹃、青海杜鹃争奇斗艳，花香宜人。

河水清澈，同去的吴玉虎老师脱了鞋子蹚水过河。我和丈夫杨子一蹦一跳踩着石头跨过了河。小雨停了下来，阳光照在金露梅、银露梅丛中，一枝漂亮的紫花碎米荠挤在密叶中尤为醒目。我蹲下身子，屏住呼吸，可无论怎样努力，还是像在孟达一样，对不准焦距。

鸟儿在放声歌唱，啄木鸟在一棵大树上咯咯啄食。嶙峋的悬崖上，灰白色的灯心草冲着我微笑，玫红色的藓生马先蒿漠不关心。无奈，我只好再次作罢，把目光投在一株株硕大的绣线菊上，可同去的吴老师嘲笑我，还绣线菊呢，你再仔细瞧瞧。

穿过酱红色的窄叶西番柳、柽柳，眼前的小花状如珍珠，仔细看时，和雪球般相拥的绣线菊还真是有点区别。

这不就是珍珠梅吗，刚才你还嘀咕，怎么看不到珍珠梅。

吴老师是生物研究所的研究员，长期在标本室工作。年轻的时候，经常在野外考察。即使这样，还是有许多野生花卉不曾与他谋面，他也不全认识。过去条件差，他们去野外得骑马、骑驴、骑骆驼。有时，骑着毛驴走几天，自己的屁股磨破了，毛驴的背也磨烂了，受罪得很。可不管怎么样，野生花卉引人入胜的微小结构、奇妙色彩总是在吸引人们不断地探求，不断地发现。就像喜欢在灌丛中筑巢的柳莺，在欣然接受自然考验的同时，又从枝条上垂下来的各色花朵中汲取着营养。

雨又开始滴答滴答地落了下来，叶子低垂，花朵湿润。枝叶繁茂的褐色灌丛中，轻轻颤抖的金露梅、银露梅，在水雾中像美丽蔷薇般娇艳无比。和热带、温带森林不同的是，高原灌木丛在雨水中迅速降温，已经让我们感受不到正午阳光下的灼热。只有蕨类植物悠然自得，尽情享受着夏雨的触摸，抑或还有可能使某种蕨类在雨水中释放出精子，愉快地旋转、旋转，勇敢地追逐另一株蕨类植物的卵子。随后，交融结合，形成胚，发育成一株新生的蕨类植物。

蕨类植物的生殖需要潮湿环境，如果缺乏足够的水汽让精子游动，蕨类植物便无法生殖。如此，潮湿的南佛山脚下，因为一条河流，因为大量灌丛中的绣线菊、山梅花、珍珠梅，为蕨类植物提供了湿润的环境和进一步演化、分化的条件，喜阴的蕨类植物才会心情愉悦地存活下来。也许，这就是植物学家们乐此不疲，不断探索野生植物奥秘的缘由和乐趣。

橐吾

几年前就认识了橐吾，印象很深。但是，当我于今年盛夏，见到烟岗沟的掌叶橐吾时，仍不免吃了一惊。

一般来说，多年生草本植物橐吾，大多生长在我国云南、四川、贵州、甘肃西部、陕西北部、山西、内蒙古、河北、湖南、安徽，以及东北地区，只有少量橐吾在青海分布，所以见到如此大面积的掌叶橐吾，出现在湟中县土门关烟岗沟，这样一个毫无名气的地方，且比我在青海民和、互助、平安见到的其他橐吾物种，更加丰满健硕，活力四射，的确是一件令人愉快的事。

橐吾，别名款冬花，又被称为西伯利亚橐吾、北橐吾、大马蹄、马蹄叶。菊科，千里光族，橐吾属，花果期7—10月。根肉质，细而多。茎直立，最上部仅有叶鞘，鞘缘有时具齿。花序被白色蛛丝状毛和黄褐色短柔毛，鞘膨大，下部光滑，被枯叶柄纤维包围，在深绿色的草丛中显得格外耀眼。海拔373～2200米，沼地、湿草地、河边、山坡及林缘的生长环境，与烟岗沟接近，这兴许就是我能够在此遇见一朵又一朵紧挨着的金黄色掌叶橐吾的原因吧！

从药效上看，橐吾的作用各有不同，比如蹄叶橐吾，据《朝药志》记载，专治气管炎、肺结核、咳嗽、气逆、咳痰不畅、咳嗽咯血。根及根状茎，可润肺、化痰、定喘、止咳、止血、止痛，还可用于治疗肺痨；黄帚橐吾，专治宿热，有解毒、愈疮、催吐、助消化的作用，可治疗陈旧疠疫、黄水疮、疮疡、中毒症；大头橐吾，用于跌打损伤、腰腿疼痛、痈肿初起；离舌橐吾的根及根状茎，甘、凉，可润肺降气、祛痰止咳、活血化瘀。那么，蒙药中被称作“阿拉嘎力格—扎牙海”的掌叶橐吾，据《蒙植药志》记载，主治麻疹不透、痈肿；根，苦、温，可润肺、止咳、化痰；花序，苦、凉，可清热利湿、利胆退黄。

从烟岗沟回来后，我一直沉浸在对她的联想中。相信植物学家一定不会忽略，除却掌叶橐吾外，还有其他橐吾物种生长在青海的事实。我清晰地记得在民和、平安、互助等其他地方见过的橐吾，远不止掌叶橐吾一种。

请教郭延平教授后才得知，植物学家对橐吾的研究已非常深入，仅《中国植物志》便记载了十几种橐吾物种分布在青海的事实。另外，西北高原生物研究所著书《世界龙胆属植物研究》的两位研究员何廷龙、刘尚武夫妇，最早就是研究橐吾属的。这说明，青海绝对不止一个橐吾物种，否则，他们不会花毕生精力研究。

烟岗沟是当地人极喜欢游玩的地方。沟底有水，水边草木丰美。走进森林深处，一条进行光合作用的绿色长毯在脚下延伸，上涌的绿潮使整座山坡散发出青草的浓香。远望中，掌叶橐吾在香草中卓然而立，围绕在她们身边的微孔草、风毛菊、马先蒿、露蕊乌头、珍珠梅、紫荆，给高原绿茸茸的夏季色调，添上了无数跳跃的颜色——紫色、蓝色和红色。草丛深邃烂漫，绿叶捕获的巨大能量，形成了烟岗沟森林生态系统的基础。

不知不觉中，我和儿子果果沿着水流来到了宽阔的草地，杏黄色的马先蒿，成堆生长，像女人用丝线绣在锦缎上的艺术品。我一激动，步履趔趄，一脚踩空，陷在了水里。天哪，厚实的草皮下，居然是深不可测的积水。平展展的绿绒毯，是望不到头的湿地。我喜出望外、欣慰至极。儿子果果，也陶醉于眼前的湿地景观，端着相机一个劲地拍照，生怕漏下一朵小花。

天蓝得透彻，无一丝云彩。顶着日头，盛开在草地上的野花各有各的心思，各有各的活法。一串串蓝色的长柱沙参，铃铛似的在微风中轻轻晃动，就连植株矮小的火绒草、珠芽蓼也比平日里看到的茁壮艳丽。这或许同样是掌叶橐吾在此地生长旺盛的原因吧！所以说，自然的美是无限的，人感受到的美却是有限的。你完全不知道，什么时候、什么地方，会出现你意想不到的事。只有在研究普遍规律的基础上，用心地关注各种各样的特殊性、差异性，才能建立新的知识，才能更好地、更全面地提炼和概括一般规律。

山坡之上绿色渐浓。奇怪的是，河沟边生长着的灌木金露梅和银露梅却不甚高大，花瓣也远不如南佛山下看到的肥硕。谁能想到，才隔了十几千米的路，山水颜色及野花的形态，就有如此明显的差异。

坐在草地上，忘记凡尘琐事，静静地凝视一朵健康向上的掌叶橐吾，多么幸福。现在，有很多人愿意去野外实地考察，关注野生植物的生存环境，了解大自然中与人类相濡以沫、一起成长的生物。

度过了难忘的下午，掌叶橐吾仍无疲倦的样子。

余晖彤红，光线下的掌叶橐吾俏丽挺拔，更美，更动人。

桃儿七

春花烂漫的时节过去了。珍珠梅和几株老鹳草还留有开花的痕迹。杏树、桃树、梨树上开败的花朵如雨点般洒落下来，向大地证明着果树强大的生殖能力。丁香种类繁多，还在依次绽放，浓郁的香气飘荡在城市上空。牡丹、芍药争奇斗艳，装点着城市的庭院、公园。

微风在传送花粉，昆虫无私无畏。对于早春开花的林木，依托风媒授粉是一种策略。但是，在温暖、避风的气候条件下，蜜蜂是最好的帮手，它能直接将花粉从一朵花的柱头传递到另一朵花中。在这个过程中，风没有特别的想法，可它的运动会惊动树枝上的一簇簇雄花。雄花借助花丝，在树枝上轻轻摇晃，每根花丝的末端有存放花粉的花药，因此，花药被保护在伞盖下，以免被雨水冲走。雌花粗短，柱头会截住风中带来的花粉，于是受精产生。

春季过后，雄花花粉洒落，任务完成。树木不再需要雄花，地上落满了花丝、花序，而雌花的工作才刚刚开始。

与早春花期短促，外表华丽鲜艳的花朵不同，进入夏季的高原野花温和、大度、谦逊。她们不像开在平原的野花，一旦嗅到空气的变化，便迫不及待地冲出湿润的土壤。在平安的峡群林场，我见到了一朵美貌华丽，似贵妇绯红颜面般的花，叶片被有柔毛，深绿，呈心形，不禁脱口而出——野牡丹。但是，经凯章细细观察后，还是不能确定，遂趴在草地上拍了许多照片，打算问问当地的人。

走不多时，遇见一位峡群林场的职工。才知，这步态款款的花根本不是野牡丹，而是被当地人称作“荷瓜”的桃儿七。

如果不来这趟，怎么会知道，如此偏僻的深山老林里会有这么稀罕的、富态的花。凯章性格沉稳，不轻易表露感情。可此时，也有些激动。立即带我返回到那朵桃儿七面前，久久凝视，不忍离去。

桃儿七，多年生草本，茎直立，基部具抱茎鳞片。叶具长柄，花两性，先叶开放。萼片早落，花瓣粉红。雄蕊较长，花药线性，具四合花粉。生多数胚珠。浆果卵圆形，熟透时为红色。种子多数。生于海拔 2300 ~ 3800 米的山坡、灌丛、阴坡林下。

世界上很多地方的人，习惯从植物的形态来推知药性。当大自然创造万物，让其外在形态吸引人们的注意时，已经在设法帮助我们理解万物内在的特质。植物的颜色、形态、生长方式暗示出它们的药效。苹果树绚烂芬芳的花朵，旨在治疗皮肤疾病；红彤彤的辣椒标志着激越兴奋、血液的流动，能促进血液循环，起到提神作用；獐耳细辛的三瓣紫叶，带有肝脏的标记，直指植物的药性；血根草猩红色的汁液，用于治疗血液紊乱；石芥花齿状的叶片和白色的花瓣，可用来治疗牙疼。

桃儿七色泽殷红，成熟如妇人，药效也非常神奇，与女人有关，治血瘀经闭、子宫癌、难产、胎衣不下。此外，根可外用治疗皮肤病、跌打损伤、黄水疮。熬膏外用治宫颈糜烂、宫颈癌。

绶草

见过桃儿七后一心向往着绶草。

寻找绶草并不顺利，走遍三川，均无踪迹。随即扩大范围继续寻找，还是没有结果。便拿着绶草的图片，四处询问居住在附近的村民。不知是绶草太过小巧，还是数量极少，没有人知道这种植物。

几经辗转后，凯章才忽然想到，查找数码相机里曾经留下的照片信息，确定那张照片的拍摄时间是 2004 年 8 月 2 日。2004 年，他刚刚买了一部数码相机。8 月 2 日，去互助土族自治县五十乡河滩游玩，绶草照片就是那天拍的。当时，觉得那朵花很特别，也没多想，顺手拍了下来。

知道了拍摄时间，再找到她就只是时间问题。之前没有结果，是因为还是春天，绶草正在草丛中悄悄长大，没有开花，无法辨认。

终于等到炎炎夏日，等到山花烂漫。

那天，阳光热烈。匆忙中得知是绶草这奇特的野花，终于从草丛中脱颖而出的日子。遂和丈夫杨子、父亲和儿子果果一起驱车前往互助五十乡。凯章早已探过，领我们到地方后便去忙其他工作，留下我们一家在长着绶草的河滩边，慢慢欣赏体味。

具体说，这个地方是五十乡柳家村，村里有一条大河，河边流石高高低低，长满了柽柳、火绒草、黄花铁线莲、马先蒿、五朵云、紫花针茅、狼毒、窄叶大黄、露蕊乌头。不远的树林里，居然有风毛菊、兰花。正午的阳光下，蚂蚁密集，蜜蜂繁忙，河水滔滔。几厘米高的绶草就长在砾石边的草丛中，秀丽、精致。玫红小花紧贴植株缠绕而上，或独立一枝，或成双成对。因个头低矮，如果不仔细观察，很难发现，可一旦看见了，便会难以忘记。

能够亲眼看见如此动人、奇异的野花，让我们一家异常感动、兴奋，像得了倾慕已久的心爱之物，趴在地上仔细端详。绶草又叫盘龙参、龙抱柱。属野生兰科植物，花形别致、玲珑，不太常见，多生长在河滩林下、潮湿草滩、透水和保水性良好的山坡旁。温度过高或过低都会影响她的生长，感到不舒服时，她会自我调节进入休眠状态。

绶草中含有的阿魏酸酯、二氢菲类衍生物、黄酮类化合物、绶草酚、甾醇类等成分有滋阴益气、润肺止咳、消炎解毒的功效。主治神经衰弱，还可增强神经末梢发育，安神补脑，缓解慢性咽炎、扁桃体发炎等，也可治疗蛇毒。

河流没有名字，既然在柳家村，就叫柳家河吧！柳家河的水温暖、清澈，散发着湿润的气息，是绶草极喜欢的。她在这里年复一年地生长，唱着同样的歌谣，呼吸着同样的空气。没有生之惊喜，也没有死亡的恐惧，只有蜜蜂时时盘旋在她身边时，给她的安慰和喜悦。

绶草不同于一般野花，她的形态和特殊药效似乎再一次证明，她的存在对于人类的价值。但实际上，这种人类赋予她的功用思想会同时妨碍我们对自然界的理解。野花漂亮乖巧不是为了讨好人类，取悦于人类，更重要的是为了完成自身的生活史。这类故事和传说比比皆是，无非是告诉我们，人类的命名永远无法反映出生命复杂的谱系和生殖交流。大自然的创造，远比我们人类命名的物种名称，更具有远大的意义和渗透性。

绶草的珍贵，正是因为她的深藏不露，她低调的奢华，潜在的药用价值。如同人的高尚品质，不在于讨好、邀功、献媚，而在于内敛、自律，不停地完善自己、证明自己、创造自己。

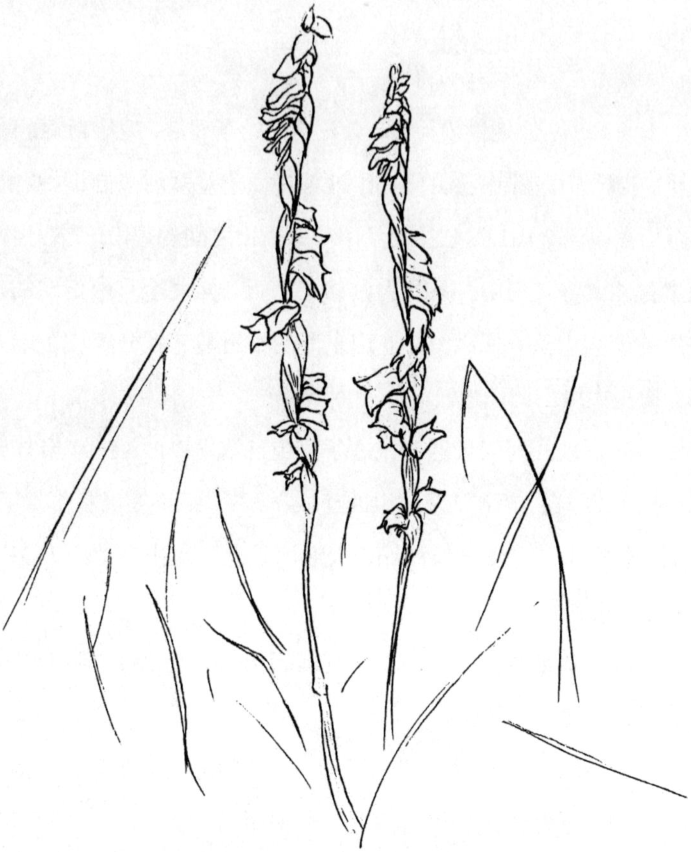

大通河谷

年轻的青海高原，地处世界屋脊，青藏高原的东北部，地形高耸，世界闻名。但由于地质、气候、土壤和植被的不同，地貌特征千差万别。雄伟壮观的祁连山，西起阿尔金山东端当金山口，东达贺兰山与六盘山之间的香山，北靠河西走廊，南临柴达木盆地北缘，是由一系列大致相互平行、西北至东南走向的山脉、山间谷地组成的庞大山系。那么，祁连山东段的平行岭，就分别成了老龙岭、门源盆地和大通至大坂山的山地。

从大坂山流下来的河叫大通河，这条河源自木里以西，由沙果林那穆吉木岭，从西向东流经祁连、门源，及甘肃的连城、窑街，最终在民和享堂汇入湟水。由于地势低平，群山对峙，气候湿润，大通河谷地呈现出一片引人注目的绿地宝库，古语为“拨科”。

宝库像一枚青翠欲滴的绿松石，在蜿蜒起伏、峰峦叠嶂、似天然屏风般的大坂山面前闪耀着美丽的姿颜。

翻了《大通县志》：“去县城四十五里，居浩门河之南，壁立千仞，自西至东横亘二百余里，划然天地，界分南北，沿梯而上，怪石嶙峋，曲道萦纡，林木翳荟，山泉翁涌，为通甘凉之道。”

从大坂山来到峡门山口，见大通河奔泻南下，蜿蜒穿行在奇峰突起、沟壑纵横、连绵逶迤的山峦间，河两边有村落、牛羊，争奇斗艳的山花和世代居住在这里的土族、蒙古族、藏族和汉族人。

更为神奇的是，洋洋洒洒的大通河，竟又分出80余条支流，滚珠溅玉般的泉眼，似粒粒珍珠般泼洒在山涧、林地，涵养着宝库1000多平方千米的土地，据史料记载：“去城县西北四十里，为县治南条诸水之总。源出青海，初名博罗冲克克河。东流入境，穿拨科山峡，东折而南，扶诸小水，至县城北会黑林河，由北而南会东峡河，合名三川河，南出新城峡，入西宁之北川，是为苏木莲河，又南出西宁城之北岸会于湟水。”

由于水源饱满，地下水丰富，泉眼密布。火一样灼烫的是汤泉，陀螺般旋转的叫麒麟窝，严冬季节，沙飞石走，冰堆深厚。夏天，冰雪融化、水流回旋，甚为有趣。

这片绿地，拥有大通最大的林区和草场，是青海天然的水源涵养林自然保护区，难以计数的苍松、古柏、桦树、云杉、白杨、青杨，浓荫遮日，天然灌木林、乔木林遍布全区。以河柳、红柳、白刺、黄刺、黑刺为主的灌木家族，成林成片、枝叶繁茂、气势非凡。珍奇名贵的狍鹿、大鹿、野马、黄羊、熊、豹、雪鸡、野雉悠然其间，大黄、党参、茅香、黄耆，野花、野果，满山满坡，万紫千红。

每逢盛夏，荫翳的松树下，蘑菇、蕨菜、鸡冠菜、发菜、鹿角菜、草莓、酸瓶瓶、鸽子嘴、野樱桃、莓子香气四溢、挂满枝头，尝也尝不够、吃也吃不完。最甜的是流着红色汁水的莓子,最酸的是翠绿的酸瓶瓶,最香的是各种各样的野蘑菇。

除了好看好吃的，庄稼人用的也不会少。当地人编制背斗、箩筐的天然材料牛胫条遍地都是。牛胫条又叫缠条、胡儿条。5月开花，香气浓郁。颜色水红，结实耐看，能让庄稼人发挥想象，编出许多妙趣横生的劳动、生活用品。

青海杜鹃

大通县城到大坂山的路平平坦坦，白杨树在路边亭亭玉立。用于浇灌农田的小水渠，流淌着清水，水边玫瑰色的荷包牡丹随处可见。庄稼般齐刷刷的马莲花像湖水一般碧波荡漾，又似才出水的凌波仙子，紫雾一般缠绕在河滩，弥漫在地头。

在海拔2800米左右的高地，大通河的支流察汗河像一个率真的汉子，以充满激越的力量和热情，强烈的姿态，从地势差近千米的山顶奔泻而下，风光无限。

由于漫长的地质、风化和流水的冲击作用，察汗河两侧奇峰林立，山形多变，这就使这条流淌在青海高原的河流在流转的过程中，更加突出了独有的个性。严格地说，察汗河的河面不算宽阔，水流的声音也没有那么响亮。有时候，在狭窄的山体中间，它甚至只能被称为一条小溪，或者小沟。有时候，在那些垂直而宽大的地方，又会形成一挂瀑布，飞出银链般的水帘，让我和我的朋友们在通过窄小的、贴着山崖的小路从低往高处走时，感觉到每个人都在逆流而上，寻找河流神秘的源头。

凡是到过察汗河的人，都会赞叹河水的清澈，它能让人们清晰地看见停留在河底的每一块石头上的纹路，嗅到河流亲切的气息，还能欣赏到露出水面、纤尘不染的蓝绿色石子身上变幻的花纹，有涟漪，有波浪，有漩涡，有洄纹，还有一些大而平的石块，能放下一顶小小的帐篷。

再往上走，河水变得愈加急促，没有路的地方，需要互相挽着手，从一块石头跳到另一块石头上，拨开长满树木的地方，继续往峡谷深处走。

冰川的发育是水存活的一种形态，察汗河的冰川，象征着水的不竭和永远朝气蓬勃的旺盛精力，这些封存的河流，无时无刻不在等待时机，在春天万物复苏的温暖怀抱里，再度流转于芸芸众生的体内。

踏着铺满芳草和碎石的山间小路，伴着轻轻的山风，山谷间不时回荡着我们的笑声。走过一段平坦的路，河面上出现了一排简易的木桥。我小心地迈着碎步仔仔细细地才过了桥，就听见了同伴按捺不住的叫声。抬起头时，发现离我们不远的山坡上，一片片白色的杜鹃花，突然在眼前出现，像是我们低着头过桥时，从天边飞过来了一群白色的蝴蝶，刹那间，淹没了山坡，铺满了天空。

杜鹃属木本植物，是高原四大名花之一。察汗河谷的杜鹃花，大多为青海杜鹃。青海杜鹃属叶革质，常集生于枝端，虽远不如贵州黔西绵延 50 千米的自然野生杜鹃林烂漫夺目，不如湖北麻城百万亩原始古杜鹃群落古老、艳丽，但其独特韵味魅力十足。且 20 余种杜鹃组成的高寒常绿草叶灌木林，不仅能适应寒冷的湿润性气候，还能为高山林区涵养水源、保持水土。于一年中最冷清寂寞的日子，积聚起所有的希望和能量，只为在春夏，绚丽的时节，会聚于枝杆顶端的纯白花朵能展现光彩和神圣。

太阳出来了，生命的节奏迅速加快，青海杜鹃的叶子肥厚且具质感。两岸风光旖旎多姿，让钟情于这片山水的人，除欣赏河流、山崖的奇姿，还能感受到一丝温柔的情愫。这就是大自然的生存法则，也是所有生命得以复原、重生的积极因素。

青海杜鹃，从来就是察汗河一年中，最夺目稳定的生命。在水流分割、分化剥蚀的坚硬石壁上，如期盛开，让昆虫得以环绕在她们枝头丰硕、洁白的花瓣上传递花粉。这是大自然的安排，也是青海杜鹃不断调整自己结构，适应高原气候的能力。此外，千里香杜鹃、毛喉杜鹃、头花杜鹃在青海尖扎、泽库、河南、同德、乐都等地也有分布，由于这些地区紫外线更强，故这些花大多为紫色，均生长在高山阴坡。

回来的路上，朋友想要几枝，我瞧了又瞧，从刚刚一直攥在手心里的青海杜鹃中忍痛给了他两枝。到家后，连忙把带回来的泡在花瓶里。过了一会儿，芬芳的气味，飘满了整个屋子。

在山上时，怎么就没闻到香味呢？也许，察汗河本来就是香的，所以才会让我身在香中不识香呢。

古老的蕨类

临近夏季的顶峰，温度和湿度正在缓慢增加。青海循化孟达、互助北山林场、海北门源仙米林场、祁连山东段的密林中，野生动物明显增多，不知名的各种鸟儿从四面八方飞来，叽叽喳喳。蜜蜂在空中来回穿梭，忙得不亦乐乎。树冠浓郁，层层交织。从春季的青浅淡绿到夏季的深绿，从光合作用中获取的能量，形成了森林生态系统的基础。

地面上，春季的花已经凋零。喜阴的野花在幽暗的林下、碧绿低垂的叶中缓缓盛开。在这些植物中，蕨类植物是繁茂而吸引人的。放眼望去，林地、山坡上，蕨类植物密密麻麻。

蕨类植物为多年生草本，最高可达 1 米。蕨类是泥盆纪时期低地生长的木生植物的总称，需要水分作为再生循环的一部分，且从此开始衍生出各种不同的种类。一般认为，环境会限制种子植物的兴盛，蕨类植物只生长在阴暗潮湿的林地角落。但实际上，蕨类植物可生长的栖地范围要比这多出许多。青海高海拔的山区，干燥的沙漠、岩地、水中或原野都有蕨类植物生长，在今日它仍是一类生命力极强的植物。

蕨类植物有着一个世代交替的生命周期，也许，在气候温暖、植物茂密的地方，有些蕨类植物像是让人嫌弃的杂草，比如生长在海洋性气候高地上的蕨属、赤道附近湖泊的满江红属，形成了极具侵略性的态势。然，对于青海高原，任何蕨类植物都是滋养高原，维护高原生物多样性的良好物种。

蕨类植物的栖地主要有几种特定的类型：湿暗的森林、岩地的裂缝，尤其是可以挡住全部阳光、酸性度高的泥塘和沼泽等湿地。蕨类植物的孢子和开花植物的花粉、种子一样会随风吹走，但蕨类植物的生长和繁衍完全在地下进行，由真菌伙伴提供营养，而且必须是在受保护的潮湿场所进行，只有足够的水汽才能让精子游动，完成繁衍过程。

许多蕨类植物和具有菌根的菌类有着关联，还有一些蕨类植物只生长在特定的酸碱值下。青海锥叶蕨是一种中国化石蕨类植物，主要分布在柴达木盆地。此外，银粉背蕨、掌叶铁线蕨在尖扎、循化多有分布。长盖铁线蕨、冷蕨、高山冷蕨、青海冷蕨、高山瓦韦多生于互助、乐都、同仁、湟中、大通。中华耳蕨、近多鳞鳞毛蕨多产于玉树囊谦、班玛。我在循化孟达湿地见到的一种颜色嫩绿、形似骨架的蕨类植物，恍若中世纪的遗物，传达着神秘的气息，应属掌叶铁线蕨。很多古老的蕨类植物物种在植物演化的过程中，被开花植物逐渐取代，但这并不意味着，她们已经完全退化。相反，她们为蕨类植物的进化和演变创造了条件。

苔藓

苔藓葱翠欲滴，是5亿年前远古时期就辉煌无比、生命力持久，一直坚守到现在的原始生物。苔藓和水的关系十分复杂，苔藓奇妙的构造，不仅仅只带给她输送和储存水分的能力，一年中的第一场大雨降临时，生理上发生的微妙变化，让苔藓有了积蓄能量、增加生命力的机会。雨水首先会裹住干渴的苔藓，然后渗入细胞外面的木质薄壁，再滋润细胞内部，挤压木质外壁，最终使其活跃。如此，苔藓的生命便蓬蓬勃勃地绚烂起来、滋润起来，使其在身边的野草、树木还承受着冬天的寒冷时，就已经脱离桎梏，自由地生长。

苔藓没有根系，匍匐在地，直接从空气中获得水分和营养，当风中吹来的有害物质落在她们身上时，她们潮湿的身体会毫不犹豫地张开双臂吸纳，并紧紧吸附于体内，以清理空气中的污染物。因此，苔藓看似粗糙的表面，不仅是青海高原上防风固土的第一道防线，还是大地吸附灰尘、净化空气的清洁剂。

苔藓生命力顽强，即使雪线之上，只要有土壤就有高山苔藓草甸，哪怕只有1毫米、1厘米的厚度。作为监测空气污染程度的指示植物苔藓，生长繁殖都离不开水。她的美是天地造化。她的奇谲，是植物王国的盛景，虽然与具体生活毫无关联，却能让我从她们身上领会到骸骨般坚硬、顽强的品质，这种精神像血一样流遍全身，使我倍感幸福。

青海地处“世界屋脊”，境内有绵延千里的唐古拉山、万山之祖昆仑山、碧波万顷的青海湖。多样化生境造就了青海高原森林生态系统、草原生态系统、荒漠生态系统和湿地生态系统等多种生态系统共存的分布格局，而多样的生态系统又为野生植物提供了众多类型的栖息环境，形成了丰富而独特的高原植物类群。用自己喜欢的方式记录辨识这些野生植物的过程，她们各自不同于其他地区的生存环境、生存方式、习性特点，以及能够顽强生存下去的特殊本领，是掌握高原野生植物处于地理分布区边界种类,海拔上限种类,判断其实用价值，生物多样性特点，以达到保护和应用目的的基础。

《庄子·外篇·知北游》说：“天地有大美而不言，四时有明法而不议，万物有成理而不说。圣人者，原天地之美而达万物之理，是故至人无为，大圣不作，观于天地之谓也。”不言之美作为“大美”，是根本的美，美的本体。

苔藓就是花，是生长在青海高原的野生花卉，是倾尽自然之性的高级的美。也许，她们成长的经历，和人类沉醉于自身生命的完美一样，是人尽皆知的事，但是我却愿意，把她作为一种新的发现、新的认识、新的思考，充满热情与渴望地去认真探索、忠实记录。

野蘑菇

初夏来临，细雨轻轻，青海草原略显潮湿，雾气弥漫。橙色、红色和白色的野蘑菇，在挂着露珠的草地上闪烁着，像刚在水中沐浴过的小仙女，袅袅婷婷。热浪和潮湿的雨水使她们身上萌发出子实体——白，娇媚，散发出一种特殊的香气。

野蘑菇是大自然赠予人类的礼物，美妙、可口，营养丰富。随雨而来，随风而去。没有人发现，没有人重视，她便会很快枯萎、变黑，消失得无影无踪。

不论什么样的野蘑菇，生长方式都是将触角伸进死亡的植物组织中，通过吸收营养，逐渐增大网状身体。当真菌吃饱喝足之后，她们又将自己的家园推向不为人察觉的地下，开拓新的繁殖地，直到地下的菌丝再一次长出子实体。让人们感到她存在的地下，隐藏着巨大的生命网。

野蘑菇的生殖过程十分独特，几乎找不到和她们相似的现象。菌丝的生存状态，既不是雄性，也不是雌性。菌丝依靠与感知到的彼此有差异性的菌丝的融合进行繁殖，当蘑菇孢子萌发时，她们同时制造出幼年菌丝。幼年菌丝在枯草里成长壮大，如果遇到一根与自己不同性质的菌丝，两根菌丝就会互相粘连，形成一株新的菌丝。

新生的菌丝是父本母本的聚合体，但又保持着各自独立，一直到子实体从地下钻出，释放孢子。数月甚至数年后，真正的基因融合才会在蘑菇菌帽下方悬挂的菌丝中发生。但融合是短暂的，孢子会在诞生的那一刻迅速挣脱出来，开始新的轮回。

除了她与众不同的生殖习性，野蘑菇还是世界上最高级的营养品。在草原上，如果能架起炉灶，用清清河水熬一锅蘑菇羊肉汤，你就会把尘世间所有的烦恼忘得干干净净，只剩下美酒、鲜花、蓝天、草原与你做伴。

青海是野蘑菇的天堂，可以食用的就有 40 多种，大多数生长在草原上，常见的有四孢蘑菇、草地蘑菇、墨汁鬼伞、沙底蘑菇、大肥菇、油菇、树菇等。海北的皇城滩、俄堡滩、青海湖畔，野蘑菇遍地生长。因为海拔高，青海的野蘑菇菌蝇稀少，不受污染，水分少，肉质厚，味香醇，含有异常丰富的氨基酸、维生素 B_1、维生素 C，常吃能降低血液中的胆固醇，增强人体防癌能力。

因为得天独厚的条件，从小时候起，我就吃过很多野蘑菇。青海人的家常饭羊肉面片里要放野蘑菇，炖鸡炖肉要用野蘑菇。记忆中，祖母的厨房里，什么时候都挂着几串晒干的小黄蘑菇，需要的时候，用温水泡泡，软了，洗干净下到锅里，立刻就会有一股浓浓的香味冲进你的鼻子。

小时候，父亲带我去爬大通老爷山。那时，还没有登山的台阶，父亲和我是沿着树木丛生的小道往上爬的。我一边爬，一边摘草丛里的瓢子，吃得嘴里甜滋滋的，什么也顾不得。不小心，让荨麻“咬”了手，又痒又疼，大哭起来。泪眼蒙眬中，突然发现，对面山坡上长着一个像盘子那么大的白蘑菇，那是我至今见过的最大的蘑菇。父亲也很吃惊。按说，父亲跑遍了青海草原牧区，什么样的野蘑菇没有见过，偏偏这种还真是头一次见。

雨丝不断，父亲松开我的手，冒着滑倒的危险，慢慢爬上去，硬是把她摘了下来。她非常漂亮，一身洁白，没有一点瑕疵。肥厚圆润的伞柄支撑着细腻鲜嫩的伞盖，像童话王国里雍容华贵的妇人。

我用双手捧着她，回到了家。不过，她清洁柔软的身子，在离开土壤后，没坚持多久，就不再新鲜靓丽。根部和伞盖边沿渐渐发黑，脑袋摇摇晃晃，没有了力气。我和父亲只好做了一锅美味的肉汤，把她留在了肚子里。

今年夏天，丈夫从青海湖边回来，带回好大一袋子黄蘑菇。挑挑拣拣，分出几袋子送给周围的朋友，请他们品尝。然后，学祖母的样，把那些秀气的、卷曲在一起的小蘑菇用线穿了四五串，晾在阳台上。

黄蘑菇大多依山生长，比白蘑菇矮小，但肥厚结实、味道鲜美。不像白蘑菇那样有伞盖，也不成片生长，只是不经意地随意长着。顽皮、可爱，又不同凡响，在夏天最美的日子里，点缀着我们的生活，连接着土地与人之间无法割舍的情感。虽然看不到明显的花，但实际上，她们和蕨类、苔藓一样，都是一朵朵不易被人察觉的花，潜伏在草丛的花，留在肚子里的花。

五朵云

8月的一天，太阳明亮喜悦。城南的小渠边，一株红色的三叶草刚巧开了花。再往前，白色的土豆花铺满了庄稼地，甘蓝排成了行。土豆和甘蓝对土地的要求是一样的，除了翻土、犁地、压和耙，还需要会唱花儿的妇女，撒肥料，把地里的草棵连根拔起。农作物长势良好，土地平整，三叶草红润的面颊，面对着从事农活的人们。休息时，女人们会漫上一曲花儿，打发劳动时光。

我坐在长满薄荷草的田垄上，一边听着飘过来的花儿，一边观察着田野边，有许多小时候经常看到的馒头花、珠芽蓼、圆穗蓼、草玉梅、马莲、蒲公英和狗尾巴草，仿佛回到了清苦而快乐的童年时光。这些花草曾经是我儿时的朋友，寂寞的生活中，不可缺失的快乐。从不因为我的无知和倔强，离开我、疏远我。她们中还夹杂着几枝很久没有见到过的五朵云，这是我认识的，花与叶颜色相近、数量又一致的花。五片云朵一样，黄绿相间伞盖似的是花瓣；花瓣下面衬托着的是五片相称的苞叶，柔软的根茎里能流出白而黏稠，像极了牛奶的液体。最初看见它流出来的时候，我像馋猫一样，总想尝尝味道。可后来，父亲一再忠告，阻止了我。五朵云是兔子喜欢吃的食物，真不知，它是怎样避开有毒的茎，专吃有营养的花的。

五朵云，为一年或二年生双子叶植物，大戟科的干燥全草。性微寒、味苦，有化痰散结，利尿消肿，杀虫止痒的作用。因全株含有白色乳汁，称奶浆草、泽漆；因叶圆而黄绿，称猫儿眼睛草；因每枝开细花，复有小叶衬之，齐整如一，曰五凤草；因叶绿花绿，称绿叶绿花草；因服用过量会毒死人，又叫断肠草、闹羊花。

野花是神奇的，有着许多不为人知的秘密。她的鲜艳与奇异，绝不可能以人的意志为转移。野花与热衷于艺术创作的人一样，只在乎与自我生命相关的世界。存在就是全部，当下就是圆满。每一个生命都是一个圆满的整体，具有独立的意义。

"一花一世界，一沙一天国"，一物即是一个意义世界。日本作家松尾芭蕉这首著名的俳句，也是这个意思，"当我细细看。呵！一棵荠花，开在篱墙边。"一条偏远的乡村小路上，一处无人注意的篱笆墙边，一朵野花就是一个宇宙。像文徵明《水亭诗思图》的题诗："密树含烟暝，遥山过雨青。诗家无限意，都属水边亭。"一个黄昏下的目对青山的空亭，就是无限的宇宙，不会只因人的存在而存在、因人的评价而改变。

只是，更多的时候，人们是在以自己的角度、知识和眼光看待野花。野花的美丽和妙处，是人的感受所致，是被人的理性和情感过滤过的，什么样的心境下就有什么样的感触。就说植物的名称吧，哪一种不是人起的，又有哪一种不是饱含了人的情愫和心意。像云朵一样的花叫五朵云；像恋人一样亲密的树，叫连理松；像情爱一样甜美的是玫瑰，还有夜来香、百合等。即使从植物学角度研究这些花木的板着面孔的学者，也从人赋予野花的情感上，受到了影响，感受到了这些生命给予人的温暖和意蕴。

火绒草

夏天的察汗河谷，空气清新。植物在呼吸，小鸟在欢叫，河面的浪花在不断地翻腾。河谷边、漫坡上，茂盛的窄叶鲜卑花才吐露新芽，白色的青海杜鹃却已经显出了倦容，只剩下山顶的灌木中零星的几朵。杜鹃的花期如此短暂，是我没有料到的。1个月前不是还打着花苞吗？我失望地嘟嘟囔囔，不住地抱怨。但很快，这种情绪就被陡峭的岩壁上，努力钻出石头缝的一朵紫色刺芒龙胆冲淡。这是一种不太常见的龙胆，颜色凝重深沉，花型精巧别致，可此时，却出现在高高的山崖上。

为了看得更真切一些，我踩着青石蹚过河水，沿山脊慢慢向上攀爬。结果，意外的惊喜接连不断，青海杜鹃已然开败的憾事早已抛之脑后。山坡上，拟耧斗菜、条裂黄堇、乳白香青和火绒草在山崖间纵情开放，紫花碎米荠和唐古特报春、虎耳草像影子一样，紧随我的脚步，数也数不清。

比起我在3月里苦苦寻觅的麟叶龙胆、阿拉伯婆婆纳，夏日的野花丰满茁壮，不急不躁。在凯章的指点下，我记住了很多没有见过的花。原来火绒草就是珍贵的雪绒花，花序小巧玲珑，白如雪花，银灰的叶片上布满了细细的茸毛。

火绒草是菊科火绒草属的高山植物，分布在亚洲和欧洲的阿尔卑斯山脉一带。火绒草不甚娇媚，朴素典雅，但是在奥地利，雪绒花是象征勇敢、顽强的花。因为，野生的雪绒花生长在环境艰苦的高山上，极为稀少，常人难以得见其容颜，能见到雪绒花的人在奥地利被视为英雄。当年轻人向自己心仪的女孩子表达爱意时，雪绒花便是至高无上、代表忠诚与信义的珍贵礼物，这也是人类通过雪绒花这种野花的特性，寄托思想爱好，透入人心思维，为自己的心灵寻找一个安顿之所的理由。

五脉绿绒蒿

还是在这面山坡上，还是在这片草丛间，除了难得一见的多脉报春、甘青铁线莲和千里光，生长在海拔4600米的五脉绿绒蒿，居然也在今天现身，且从从容容、大大方方，在我眼前绽开了花瓣，实在是令人欣喜啊！之前，我有幸在一次摄影展上见到过一张五脉绿绒蒿的摄影作品，作品中的她也只是像位含羞的姑娘，低垂着眼帘，不愿抬头。

绿绒蒿品种繁多，有白花绿绒蒿、总状绿绒蒿、久治绿绒蒿、藿香叶绿绒蒿、多刺绿绒蒿、优雅绿绒蒿、西藏绿绒蒿、黄花绿绒蒿、川西绿绒蒿、大花绿绒蒿、全缘叶绿绒蒿、长叶绿绒蒿、报春绿绒蒿、拟多刺绿绒蒿、红花绿绒蒿、紫花绿绒蒿等。有一年生或多年生草本，除一种产于西欧，大部分品种分布于中国－喜马拉雅地区，即我国西南部海拔3000～5000米的雪山草甸，高山灌丛、流石滩，云南中部、东北部的亚高山地带，青海祁连山区。

之前，我曾经描述过见到全缘叶绿绒蒿、红花绿绒蒿时心旌摇荡的情景。从那时起，我便爱上了青海的野花，在寻觅野花，记录每一朵野花的夜晚，享受着无穷的乐趣。我也请教过植物学、生态学方面的专家，如此这般用文学的方式去表现，去记录认识这些野花的过程，是否有一定的意义，答案是肯定的。

于是,当我再一次看到如此动人心魄的五脉绿绒蒿时,心中亦然洋溢着激动。五脉绿绒蒿又叫野毛金莲、毛叶兔耳风、“欧摆完保”（藏名）。多年生草本，叶均基生，呈莲座状，叶片与全缘叶绿绒蒿、红花绿绒蒿、多刺绿绒蒿相似，披有棕色细毛，叶柄较长，有细密紧贴的硬毛，一般生长在阴坡草地与阴坡高山草甸。

后来，我又在循化见到了川西绿绒蒿，在玉树见到了总状绿绒蒿，在可可西里见到了多刺绿绒蒿。原来，为了抵御风寒、保存水分，海拔越高，紧贴在绿绒蒿叶柄上的毛，会愈加坚硬紧致。难怪生长在海拔近5000米的总状绿绒蒿，不但茎部粗壮还不分枝，连叶子也长成了一个长着针形尖刺的毛球。

植物的生命力令人惊叹！不论是在陆地还是在海洋，不论是在沙漠还是在高原，到处都有她们的身影。甚至在一些动物无法生存的极端环境，比如，有毒气污染、环境遭到破坏的地方，只要有一点点湿润的小环境，植物就会默默无闻地生长、开花，同时展开各种技巧，装饰自己，吸引周围飞舞的昆虫，协调花粉传送者与授粉者之间的平衡关系，使每朵花呈现出千姿百态的构造，像人类一样在漫长的历史中不断调整自身，形成多样与统一、个体与传统之间非凡的张力。

此外，我还在潮湿的山洞里、岩石的缝隙中、险峻的崖壁上见到过许多不知名的野生花朵。那些花，阴湿、奇静、孤独，甚至见不到阳光，但她们和阳光下的野花一样，能让我从她们美丽的花冠、花蕊中感受到她们体内的渴望。

因为有了奇异的收获，心情快乐无比。走过一个颤巍巍的吊桥时，没有担心害怕。到了对面，回头看时，吊桥还在摇晃，青海杜鹃的绿叶健硕肥美。隐隐间红色、紫色、蓝色的小花掩映其中。

真不知，还有多少神奇的野花在高山杂草间静静开放。

辑三

怀抱温暖

HUAIBAO WENNUAN

岩石上的花

离开察汗河谷，沿宁张公路向北再走一程，大坂山越岭路段，一座海拔3500多米的山峰高高耸立。远看光秃秃的，攀上去后，竟然看到，粗糙无光泽的岩石上长满了纯色的柔软紫菀、玫红的高山棘豆、黄色的圆叶小堇菜、粉色的狭萼报春，色彩十分绚丽。

高山棘豆，丛生，矮小半灌木。羽状复叶，一般生长在盐碱荒漠、沙丘。这片岩石上的棘豆，有刺叶柄棘豆、镰形棘豆两种，海拔2000 ~ 3000米的地方还有红色的苦马豆、紫色的大花野豌豆，果实形似豆瓣。绕过一座小山包，狭长的岩石缝隙里，冒出一簇红色的唐古特红景天。红景天很可能是上帝特意赐给高原的礼物，不仅是高原植物的象征，还是高原人强身健体，抵抗缺氧，消除劳累的良药。赴高海拔地区采访时，我会用红景天的根直接泡水喝，以补充体力。青海高原还有一种大花红景天，藏语音译“苏罗玛保”，花柱颀长，叶片肥厚油润，包裹在叶片中的花朵鲜红妍丽，十分漂亮。

虎耳草很多，在药店见过的名贵药材大黄，也出现在山顶无污染的崖壁间，石头缝里。难怪读古书时常常会读到，过去的大夫因为采集药材掉进山沟里而失去性命的事。看来，越是身处险境的东西，越发贵重。不过这里的大黄，比起我在海北草原上见过的鸡爪大黄、掌叶大黄，体量小得多。

山岩上还有去年未融化的小片积雪。山脊裸露、狭窄，插着许多经幡。山下通往山上也有几株金黄色的全缘叶绿绒蒿，但个矮、花小。一定是这里的风太大，让她们不得不缩小自己的身体。凯章说，甘肃南部迭部草原上的绿绒蒿，大多长在河谷低处。可为什么青海的绿绒蒿要选择这么高的地方呢？我不得而知，在高原的旷野、山间行走，遇到的困惑和未解之谜到处存在。但是比起当年，不畏艰险的英国园艺学家、植物学家威尔逊在嶙峋的山崖，细长、蜿蜒、恐怖的小道上骑着马采集野花标本，条件不知要好多少倍。

站在高高的大坂山上，弯曲的公路绵延而上，翻过一道道山梁后，又是一片片绿色的原野，如同浪涛翻滚。富有无限魅力的大自然，总是叫人这般浮想联翩。我一边走，一边感慨。山下不远的地方，源自祁连山脉的河水正一刻不停地流入黑泉水库，灌溉着附近的农田，照顾着住在城里的人。

枸杞花

夏天过去，秋天临近，有多少人会在意枸杞的花，会在乎枸杞的果实在高原干燥、寒冷、缺氧环境中的感受，生存之艰难。

踏进柴达木盆地，车窗外是望不到尽头的戈壁沙丘。有几蓬骆驼刺、黑刺、沙柳出现已很难得，如果见到离公路百米远的野生枸杞林，那就是你的福气了。

我一直很想知道，野生枸杞是什么时候，为了什么，在这贫瘠荒凉的土地上生了根，把这里当作了自己的家，抑或这里本来就是她的故乡。

枸杞花很小，开在4—5月。色淡、味薄。没有群芳争艳中的娇媚，也无煌煌夺目之姿，只在荒凉、干燥的高原，静默独语，为戈壁沙丘萧瑟的春天增添一抹清新的颜色，为秋天红色的果实积蓄足够的能量。不管冬天的雪有多么残酷，不管秋天的风有多么狰狞，每当春风吹来，她总会挺起脊梁，开出紫色的碎花，就像进入柴达木的每一位拓荒者。

40年前，车过柴达木，当年的汽车兵，现在的著名军旅作家王宗仁，头顶毒日头，口干舌燥。在戈壁滩跑了一天的车，水壶里的水早就干了。

快到大柴旦了，车队的战友们都睁大眼睛，翘首期盼，盼望有奇迹发生。远处，出现了几株枸杞，这是王老师和战友们离开敦煌以来，路上遇到的唯一一点绿色，居然还有几枚红色的小果子挂在枝头，叫人馋得直流口水。停下车，战友们围坐在枸杞旁，也不摘，也不吃，只是静静地坐在地上欣赏，谁也不敢打破宁静，擅自摘取。

这时，留着一脸大胡子的蒙古族老人照日格巴图，骑着骆驼站在王老师和他的战友面前。

他细细地打量着尘土遮面的兵娃子，直截了当地说："孩子们，你们一定是渴坏了吧！没关系，有你们喝的水！"说着就随手拿出一个小巧的铲子，在枸杞旁的沙地上挖起来。

很快，一个脸盆大小的坑就挖好了。"等着吧！一会儿神仙就会给你们端来一盆水！"他的话风趣幽默，战友们却不知所云。

但是，奇迹真的发生了，脸盆似的坑里，渗出了水，只是渗得很慢，很慢。又过了一会儿，沙土渐渐发潮，半小时后，坑里差不多聚了半碗水。水很清、很干净。老人说："再等等，会有更多的水让你们滋润喉咙。"

原来，这地下有泉，因长年不断渗水，才使这片戈壁滩没有干枯，才让这几株枸杞扎下了根，开出了花，结出了果。水是戈壁的命，有了水就能生草，就能开花，就能养活枸杞，救活一个路过沙漠的人。老人恳切地望着王老师和他的战友："这片戈壁滩上就剩下这几株枸杞苗了，不容易啊！你们千万别摘，伤不得啊！"

一只灰褐色的鸟儿，尾巴一撅一撅地在鸣叫。王老师见了，问照日格巴图老人："鸟儿会吃掉这些红红的枸杞果吗？"老人说："会的，会的！戈壁滩上的鸟儿，生命脆弱，就让它们吃吧！再说，它们是天然的播种机，是戈壁滩春天的使者。"他神秘地笑笑，"鸟儿啄果子时落下的种子，或者没有嚼烂便吞下的种子，会随着粪便排出来，遇到水，便会发芽，便会生长，这里的枸杞就是这样长大的"。

听了这个故事，战友们都不说话了。阳光猛烈，无一丝风吹过，在强烈的紫外线灼烤下，那不甚鲜嫩的绿叶间露出的红枸杞，正一动不动地瞧着几个青藏线上的兵。谁不喜欢戈壁滩上的红枸杞，谁不珍惜戈壁滩上的枸杞树呢？谁种谁收，鸟儿撒下种子，就该让鸟儿享受果实。鸟儿吃过了，又会在这片茫茫戈壁滩上播种育子。如此循环往复，生命才会延续，拥有无限的期待，这个世界才会这般美好。

那天，烈日炎炎。王老师和他的战友们，每一个人只从坑里舀了半杯水，聊以解渴、解乏、解饥，却没有一个人摘下一颗红枸杞。

留给鸟儿吧，鸟儿是戈壁滩的希望，春天的希望。

我与王宗仁老师曾一起去青海湖、格尔木、柴达木盆地，一起上昆仑山，在楚玛尔河边，在西大滩、五道梁讲故事，看野花、野草。他知道我在写青海高原的野花，特意打电话嘱咐我："你一定要把枸杞花写上，不要忘了提醒人们，留一些枸杞给鸟儿吃……"

油菜花

沿祁连山往东走，过了青石嘴，就到了浩门镇。

辽阔的田野出现在眼前。田野里种的是油菜，虽没有开花，但像水一样沉静的绿浪正随风摇荡。

我们停在一处有马莲、青草、羊群的小河边，不远的地方是连绵的祁连山。不知为何，羊群的身边没有牧羊人。

陌生人的到来引起了羊群的不安，但很快羊群又恢复了平静，继续啃食鲜嫩的青草。我登上斜坡，发现一个老人蹲在田里，穿着一件深黑的夹袄，沾满了土。一顶没有了样子的帽子，失去了颜色，似乎也落了土。

我很高兴，在黄昏降临的时候，遇到一位当地老人。老人看到我，并不诧异，仍然低垂着眼帘用一张棕色的粗纸，卷着很少的一点烟丝。这张纸很不争气，在老人粗壮的手指间来回折腾，怎么也不听使唤。我站起来跑到朋友那里，要了一支纸烟，气喘吁吁地跑回来递给他。他抬起眼看了我一下，虽然没有咧开嘴笑，但看得出，心里是高兴的。他并没有马上享用这支纸烟，而是把勉强卷起的烟在嘴上点着了。烟不呛人，淡淡的味道，他却眯起眼，深深地吐了口气。

6月的天明净如水，他是来放羊的，沟里吃着青草的羊。

“你来这里做啥？”

“路过，看见马莲就停下了。”

“不想看看油菜花？”

“想看啊！离开花还有一段日子。”

老人点点头：“要到七月初或中旬，今年有个闰七月，恐怕要迟一些。”

“开花的时候，热闹吧！”

老人还是没有笑，但是，他浓黑的眉毛，却在不经意间抖动了一下。嘴角溢出了笑容。“热闹，来的人多，住都没地方。”

“听人说，门源有一片马莲滩，马莲滩上有一个马莲乡，马莲乡有一个马莲村，原是马莲的天地。”

老人点点头，又摇摇头，“马莲乡就在大通河南岸，这些年，已经看不到马莲了”。

我站起来，越过蓝莹莹的河面向南看，除了绿色的油菜地，什么也看不见。康熙二十一年（1682年），门源内乱，人们相互残杀，被派往门源的清军走了四个月，才赶到这里平定了内乱。经过战争创伤后，民穷财尽，人们被迫离开自已熟悉的家园，迁移到河南岸，重新垦植，开辟新的生活。从那以后，马莲滩上没有了马莲，取而代之的是一户农舍挨着一户农舍的村庄，一片又一片金碧辉煌的油菜地。过去的马莲滩，成了现在的油菜地。

门源是北方小油菜的发源地，种植油菜近两千年。菜籽油，富含维生素族群及众多矿物质，却不含胆固醇，人体吸收率高。油菜还是一种香草，叫芸薹。叶、茎的味道辣辣的，是我喜欢的，小时候会径直塞进嘴里享用。只有油菜花是供人欣赏的，可以前并不是，只有人们的日子过好了，吃饱了肚子，一些可食用的花草才会成为风景，吸引成千上万的人。

我知道，再过几日，眼瞅着满眼绿油油、平淡淡的油菜地，会喷出炫目的火焰。到那时，大通河沿岸湿润的空气中，会弥漫着油菜花独特的芳香，不甚浓烈，却沁人心脾、直扑胸怀。到那时，门源境内，地上是油菜花，天上是油菜花，连河面上都浮现着油菜花的影子。你无法想象，这鲜艳的颜色在这样的季节里，会怎样成为这片广阔的土地最基本的色调；会如何影响着这里的人、这里的生活。养蜂的人、观景的人，又是怎样似蜜蜂般低吟着，从一个光斑驶向另一个光斑，忙忙碌碌、不知停歇，一直到明艳的、长长的路，变成香甜的、金色的河流……

离开门源的时候，老人又坐在田埂上，慢慢地卷着烟丝。吃饱的羊儿在小河边饮水，田野泛起的绿色涟漪，像待嫁的闺女，静静地，静静地等待，等待着七月里那不可阻挡的，辉煌而颤抖的金色风暴。

进入草原

祁连山下，和野草野花一起慢慢长大成熟的，是靠近草原的农田里长出来的青稞。长青稞的地方不大，通常，是附近的牧人在浅浅的山麓新开垦的土地。青稞的叶子和大田里的麦子差不多，但颜色显重，墨绿。仔细看时，会发现青稞的叶子比麦子的略显粗糙，边沿有纤细的小刺。如果肉眼看不出来，可以用手摸。青稞和麦子的手感不同，不仅如此，更重要的是，青稞和麦子碾出来的面粉，放进嘴里的感觉也是很不同的。

小时候，不懂这些，只觉着青稞面没有白面好吃，没有白面好看。不光是颜色反差太大，一黑一白，而且，远不及白面润滑可口，容易下咽。我的祖母便在用青稞面做馒头的时候，在表面裹一层白面，看上去很好看，但吃起来一样干涩，只有卷进去一层香香的胡麻油，或者是香豆粉，才能哄着我们多吃一些。

青海人极看重青稞。青稞不单单是日子艰难的时候，填饱人肚子的食品破布衫、油花、青稞蕨麻油糕，还是现在的人偶尔换换口味，压出来的新鲜麦索儿——一种由才青未干的青稞经石磨碾后，拌出来的小吃。

青稞大多生长在牧区，是进入草原后的第一道风景，也是牧人心中的生命线。与酥油、白糖等组成的精美食品混合着植物的芳香和牛奶的精华。

草原上，没有人会忽略青稞的存在。一粒青稞，会让人产生感恩的心情；一袋沉甸甸的装满青稞粉的炒面袋，会让一个牧人保持最良好的状态。草原上的人们不会因为她的朴实而怠慢她，也不会因为她的粗糙而遗弃她，她像神一样主宰着草原人的命运。因此，青稞也是牧人祭祀、煨桑时必不可少的贡品。

青稞的种类有很多，种植面积在 10 万亩以上的有白浪散、肚里黄、门源亮蓝，比较特别的有黑青稞、水青稞、循化蓝青稞，颜色富于变幻，如阳光下的流苏闪烁着波纹。青稞的辉煌，在于人们发现了她最大的妙处。开始，只是作为一种食品，被人们褪去皮，经过发酵，制成甜醅，成为青海人爱吃的一种甜品。后来，人们从她身上触到了眩晕的感觉，这是人们在很久以前就钟情的微醉不醒的意识。于是，青稞被大量地投入酒缸发酵，变成清澈的液体，装进各种材质的器皿，摆在商店最显眼的地方。从此，“西风一吹全城醉”，青海成了我国以青稞为主要原料，生产曲酒历史最长、规模最大的产地。

青稞从土壤里探出头的一刹那，从来不曾想过，自己还会有这样光明的前景。她芬芳的、新鲜的肉体，被积压过后诞生的幸福与忧伤，不仅早已经超过了人们的想象，而且，还在被人们不断地释放、升华。

品尝过真正的青稞酒，便进入了真正的草原。如今，我无法用简明扼要的语言向人们描述，青海湖流域由外泄湖刚刚形成封闭的内陆湖时温暖湿润的草地。但是至少，我还能够从我父亲的故事中（我父亲又是从他的父亲那里听到的故事）领略到比现在宽广、湿润的青海湖的美妙怡人。

那时候，青海湖周边的草比现在长得高，野花姹紫嫣红、美不胜收。骑在马上的祖父年轻英俊，看不见自己坐骑的马蹄。一个地方的气候，可以理解为这个地方特有的多年天气状况。这种天气状况是由太阳辐射，与大气层相交接地表的性质，以及大气环流决定的。太阳辐射、地表的性质，以及大气环流本身又分别受制于一系列其他的客观因素。

青海湖流域位于中纬度地带，如果不考虑大气层和地表的影响，单就以天文因素影响而论，应该属于温带气候。但是，由于深居内陆，受海洋影响微弱，大气中水分稀少，青海湖流域呈现出干旱属性的高寒气候。另外，青海湖地处青藏高原东北隅，大部分地区海拔在 3400 米左右，由巨大的地块大幅度隆起所形成的高原地貌，实际上已经不同程度地改变了纬度和海陆所制约的气候特性，在温带干旱气候的背景上，重重地抹上了一层鲜明的高原气候色彩。于是，青海湖流域必定具有中纬度地带的内陆高原独有的低温少雨气候和与之相适应的自然景观。

放眼望去，青海湖群山环绕。南部的青海南山和鄂拉山，北边的大通山，东部的日月山，西边的阿木尼尼库山，使封闭式的内陆盆地青海湖与青海高原中西部的柴达木盆地、南部的青南高原、东部的湟水谷地割裂，在很大程度上形成了独具特色的地形单元。青海湖湖面海拔 3196 米，这样的高度，使青海湖地区成为典型的高原大陆性气候。干燥少雨、日照强烈、阳光充足，但气温常年偏低，多沙尘暴、冰雹、扬沙天气，冬季漫长而寒冷，夏季短暂而凉爽，气温日差大，年差小。

近年来，随着全球气候的变化和许多人为因素，青海湖地区年平均气温在正常年际间的波动中呈现出显著的上升趋势，从 20 世纪 50 年代末到 21 世纪初，青海湖流域年平均气温上升，气候变暖的趋势是明显的，其原因主要是由于冬季增温所致。

近几年，青海湖出现了面积增大的趋势，这同样和全球气候变暖，北极圈融化面积扩大，冷气圈下移有关。雪线后退，山上的冰雪大量融化。此外，冷热空气交流，雨水量增大也是其中一个原因。2016 年，青海湖水位上升 2 米多，超过了 1992 年的最高水位，冲毁了整个码头。这突如其来的增长速度是可怕的。老人们说，来自高原的江河由涓涓水源慢慢汇集而成，如果一下子携带雪水雨水冲下来，其结果是来得快，消失得也快，我国几大江河的水源将迅速断流，内地河流也会在短时间内枯竭。如今，位于江河源头的重要湿地星宿海，已经萎缩至不到50个湖泊，而多年前，那里曾是100多个湖泊紧密相连的群湖荟萃之地。

谁都明白细水长流的道理，但又有多少人愿意道法自然。我们知道，天然牧草的生长发育及产量的形成主要受降水、温度等气候条件的限制，气候变化直接导致降水、温度等气象因素在年际的变化，比如温度持续升高，降水持续偏少等，牧草的返青期与当年3—4月的降水量有着密切的关系，如果牧草枯黄前出现干旱天气，则可以使牧草提前枯黄。

青海湖乃纯牧业区，如果水分条件无法满足牧草的生长发育，就会加剧草地水分的散失，使草量及覆盖度减少，杂草大量滋生，草地载畜能力下降，可利用面积减少，更重要的是，会导致草地优势种群演化、草群结构变化、草地生产力下降等生态功能的变化。

几束卷曲的树叶躺在草丛中，猩红色的花依旧鲜艳。这是被人拔下来又扔掉的狼毒花。狼毒花生命力很强，根系大，吸水能力极强，能适应干旱寒冷气候。根、茎、叶均含毒，可制成药剂外敷，消积清血，亦可做农药，防治螟虫、蚜虫。然正因为吸水能力极强，适应干旱寒冷气候的特点，周围的草本植物很难与她抗争，根系越发达，毒性越强。所以，狼毒花成了草原荒漠化的标志。狼毒花越多，草场的退化程度越高，她就像慢性毒药，一点点腐蚀着青海高原这个巨人的肌肤和躯体，在我们浑然不觉的时候，让草原慢慢退化成荒漠。

青海湖地区是我国陆地生物多样性的重要区域之一，拥有丰富的草地资源和独特的野生植物资源。气候变化对青海湖流域产生影响，是这些年来人们逐渐认识到的一个严重问题，对于生态系统原本就极度脆弱的青海湖流域几乎是一个严峻的挑战。如何使生态环境更加适应气候变化？如何保护和治理青海湖地区的生态环境？不过度开发青海湖地区，不干扰青海湖地区的平静，是顺应自然规律，实现自然生态系统良性循环和经济可持续性发展需要永远保持的一种姿态。在这个世界上，又有谁愿意看到曾经掩映过马蹄的连天碧草消失在黄沙的阴影下呢！

青海湖畔

继续往西，草原似没有阻挡的河水倾泻开来，牧人生活、草原景色由此展开。对于野花王国的探寻，于我而言是有意义的探寻。当然，一次比一次艰辛，一次比一次惊艳。

青海湖的冬天是一年四季中，最荒芜、寂寥的日子，也是最明净、澄澈的时节。逐水草而居的牧人，遵从世代沿袭的生活习惯，接受大自然富有生命气息的召唤，准备把夏秋季节迁至大山深处的牛羊帐房，转移到避风、温暖，离湖水不远的地方。此时，湖岸干爽、发黄的草地成了最好的冬季牧场。牧人们选择理想的草地，撑起帐房，安置好家当，又一次认真地面对漫长的冬季。无非是守望湖水、神山，转动玛尼经筒，吟诵吉祥祈福的经文，眯着眼睛看着黑色的帐房里飘出的阵阵炊烟，欣赏着冬日的太阳亲吻青海湖冷艳如冰美人的湖面、岸边每一根吮吸着地下水源的草根。感受每一个新鲜的生命，每一段强劲的音乐，在静默的蓝天白云下无限伸展。

每年 11 月到来年 5 月，长达半年的光景，青海湖流域大多涂着高寒地区的黄褐色。当你屏息在封冻的湖畔时，芨芨草、西北针茅、细叶薹草、青海固沙草、冷蒿不惊不动，只有几只懒懒散散满身卷毛的羊啃食着草根。群山在耀眼的红晕下露出层层皱褶，向遥远的天边绵延而去，金色的草地似波涛在银色的湖岸滚动。天地间相融的光明，照在晶莹闪亮的湖面上。

青海湖的春天是多雪的。刚刚伸出黄绿色嫩芽的草叶在一场大雪后，会被积雪层层遮盖。可等到正午，太阳出来了，雪化了，植株矮小的野花又会马上露出温柔甜美的身姿，在白雪滋润过的土地上微笑。你还会惊讶地发现，雪后的草地、坡塬深褐色的地皮，连一小片叶子都来不及长大的枝干上，会冒出一朵朵蓝色、紫色、黄色的小花；一只、两只冬虫夏草黑色的脑袋，抱团取暖，匍匐在地。第二天清晨，灰色的云沉甸甸地挂在天上，大朵大朵的雪花复又落在小草、野花和湿润的沼泽里。然而，不必担心。春天的雪是有温度的，像暖洋洋的潮水，漫过大地，使青草的身子、龙胆的花叶、绿绒蒿的娇容，在阳光下重现，在不经意间，将薄雪轻轻抖落。仔细听时，还能听见飘零的种子、蛰伏在地下的根茎，发出的一声声欢笑。

就这样，在一次次璀璨的白雪中，被草原人称作格桑的紫红、粉色、玫瑰红的野花，被雪水滋润的草甸，终于在海拔 4000 米以上的青海湖沿岸，发出了奇香。此后，又一批繁衍生命的种子，继续耐心等待，一直到发芽、生长、开花、结果……

青海湖是我国第一大咸水湖，东西长 106 千米，南北宽 63 千米，周长 360 多千米，面积 4500 多平方千米。藏语称“措温布”，蒙语称“库库诺尔”，都是青色的海之意。沿着文成公主走过的路，登上日月山。俯瞰中，苍凉大地无边无际，天蓝得像镜子，像绸缎，像夏天的湖水丰盈、妩媚。日月山原来叫赤岭，是一座有故事的山、神奇的山。多少年过去了，日月山在大唐文成公主的泪水中，变得柔软而坚强。

据说贞观十五年（公元 641 年）时，俊美的日月山也是这般宁静、这般安详，途径赤岭的文成公主回望长安，心中惆怅，为表示西去的决心，决然摔下唐太宗送给她的日月宝镜。石镜碎了，一只黑色的大鸟腾空飞去。旋即，又有一只白色的兔子向白云生处跑去。金乌和玉兔之日月精华，永远留在了这里！从此，赤岭被人们称为日月山。

沿着文成公主走过的路，翻过日月山，进入了广阔的青海湖流域。草山起伏跌宕，倒淌河在眼前流淌。青海湖流域主要的湿生植物天山报春，遍及草原。以多年生微温旱生草本植物为主组成的植物群落，形成的自然地理景观，大气磅礴、美不胜收。青甘韭、天蓝韭、甘青青兰和卷叶黄精点缀在碧绿的草地上，有小河的地方，便有达乌里龙胆和管花龙胆蓝莹莹的影子在阳光下轻轻飘动。

曾几何时，倒淌河是一条丰沛的河，是没有封闭的青海湖通向黄河的唯一一条河。后来，由于地势逐渐增高，隆起的日月山挡住了通往黄河的去路，促使青海湖完全封闭，变成了现在的咸水湖，也让自己伟岸的身躯，成了农业区与牧业区、季风区与非季风区、黄土高原与青藏高原天然的地理分界线。

翻过日月山，经过倒淌河，来到青海高原西部，森林、灌丛、草原、湖泊这些典型的高原自然生态景观，依次出现在人们的视野中。它们中有很多是距今一万年以前湿润气候条件下的产物，保留到今天，实属不易、极为宝贵，一旦毁灭，难以恢复。

草原是寒旱生的多年生草本植物和小半灌木为优势所组成的植物群落。草地是青海省高寒生态系统中，绿色植物覆盖面积最大、数量最多、更新速度最快的再生性自然资源，是维系高寒生态系统平衡最重要的生态子系统。青海省的草地面积占全省国土总面积的 60% 以上，占全国草地总面积的 10% 以上，在保护青海生态环境和发挥生态作用等方面，起着举足轻重的作用。

青海湖的夏天到了，孤寂了漫长冬天的草原，经过春天的孕育成熟，变得无限生动、活跃，由嫩绿到浅绿，由浅绿到浓绿的草甸像厚厚的绒毯，即使山地草场上低矮羸弱的野生花卉，润极了的模样，也依旧招人喜欢。不论是草甸类草场、高寒草甸类草场、沼泽类草场、灌丛草甸类草场，还是荒漠草原类草场都会为了抵御风寒，适应高寒气候，不同程度地改变自己，让自己变得更加顽强。

首先映入我们眼帘的是大片的温性草原。以长芒、短花针茅、西北针茅、芨芨草、青海固沙草、蒿为优势种的草地，伴生着青海薹草、沙蒿、阿尔泰狗娃花、黄耆。

再往西，高寒草原类草地典型的代表种紫花针茅，遍布原野，具有较强的耐寒旱特性，生长良好。这类植物组成简单、外貌单调，暖季呈黄绿色，8月以后花穗飘扬，在阳光照射、微风吹拂下，泛出的缕缕银光，别致独特，与紫花针茅伴生的是乳白黄耆、镰形棘豆、矮火绒草、青藏狗娃花、钻叶风毛菊、卷鞘鸢尾、阿拉善马先蒿。

夏天的青海湖，阳光充足，生命力活跃的食物链主宰着这里的一切。营养丰富的裸鲤，是候鸟的佳肴。有机物、淡水和浮游生物丰富的泉湾、那尕则滩涂和鸟岛，甚至连生长着薹草、扁穗草、杉叶藻等湿生植物的沙岛，都成了众多禽鸟的育雏区和栖息地。

蓝色的晴空下，斑头雁、渔鸥、白色秋沙鸭、白琵鹭身后，蹦蹦跶跶紧跟着急于张开双翅的雏鸟。雏鸟知道，自己的羽毛已经变得丰满、有力，禁不住闪动着一双玻璃球般晶莹透亮的黑眼睛，左顾右盼，期待着在细纹波动的湖面上自由飞舞。

任何微小的事物，都能构成美妙的风景。

身居内陆的青海湖，于短暂夏日聚起的热浪，让人们纷纭而至，尽兴而归。当然，夏天也是牧民最繁忙的时候。剪羊毛，打酥油，储备过冬的干牛粪。收割地里的青稞、燕麦，挑选肥壮的牛羊出售，修复完善自家的草场，在温暖中享受生活。乐此不疲，充实又满足。

一年一度的赛马会、歌会，庄严的祭海仪式、裸鲤放生节，也都选择在夏季。届时，盛装的女人款款而立，与鲜花媲美争艳，暗送秋波；健壮的男人骑马射箭、摔跤豪饮、谈情说爱。

草地优美，牧人的生活艳丽多姿。海拔3300～3800米之间的青海湖东南部、南部和西南部河谷阶地、浑圆山地、山间坡麓和滩地、山地、丘陵和河谷一带，以多年生、中生、湿中生草本植物为优势组成的植物群落，紫花针茅、青藏薹草、粗壮嵩草、紫花冷蒿之间点缀着火绒草、委陵菜、阿拉善马先蒿、甘青青兰、白花枝子花、青甘韭、黄花棘豆、锦鸡儿、金露梅、银露梅；海拔3195～3500米之间，青海湖北部海晏地区、刚察地区的山体阴坡、滨湖平原，大通山山麓复合山系的山前丘陵地带，生长着紫花针茅、芨芨草、可食杂草和莎草；青海湖南部，青海南山和海拔3300～4000米之间的湖区北部，海滩、热水滩的中低山体及高山阴坡，多为中生植物，如多年生小蒿草、矮生嵩草、矮火绒草、红景天、美丽风毛菊和薹草等，而大通山垂直分布带中低山地区的阳坡、阴坡和滩地，湖区西部的中山、谷地和梁峁地带，植物种类多以莎草、黄花棘豆、马先蒿为主。

山川河流、湖泊树林、土地山脉、动物植物，无一不是大自然的馈赠，无一不是值得崇拜、赞美、尊重的对象。裸鲤不能食用，树木不能砍伐，湖泊不能污染，草地不容践踏。而这种禁忌，不仅符合当地人的意志，还成了普遍存在于青海人内心的一种庄严而神圣的生命哲学，对青海湖流域生物多样性的发育繁荣，客观上起到了很好的保护作用。同时，也关乎人的身心，与自然相契合的通感。在体验与感受自然美的过程中，成就着当地传统文化的多样性。

湖泊是大自然馈赠给人类的礼物，草原是人赖以生存的环境。青海湖湖区北部和西部，山地、草甸和冰雪石山之下的广大地区，海拔4000米左右的中间地带，由高山嵩草、矮生嵩草、线叶嵩草组成的高寒草甸类草场，常见的伴生植物川青早熟禾、垂穗鹅观草、萎软紫菀、蓝白龙胆、喜山葶苈、黄耆、棘豆、唐松草以自己特有的方式适应着高寒环境。

青海湖区的南部，野牛山、满隆山等山地阴坡，湖区以北，海晏县同宝山等山地阴坡，海拔在 2450 ~ 3900 米之间，分布着灌丛草甸类草场，植物种类有金露梅、银露梅、高山柳、沙棘、矮生嵩草、披碱草、线叶嵩草、薹草、发草、早熟禾、细柄茅等。刚察地区的山地草甸地带和滨湖平原、低山丘陵、干旱草原和山地草原地带都有灌丛草甸类草场，是比较理想的冬春和夏秋草场。

荒漠草原类草场位于湖区的南部，主要在倒淌河乡的东部和西北部，海拔 3200 ~ 3300 米之间；湖区的北部荒漠草原类草场主要分布在海拔 3200 ~ 3420 米之间的沙丘地区和甘子河中游，植被多为灌木和沙蒿，伴生种有沙生冰草、马蔺等。

10 月过后，欢腾了一夏的候鸟远赴他乡。白云翻滚、草木见黄，只有蓝色的湖水波澜不惊、宁静淡远，与蓝天相伴。面对草原，牧人们更是心如止水，安详平和，任由思绪随云朵飘向远方。

这是秋天的安顿，也是一年中享受安宁的极好时光。

青稞磨成粉，收进了帐房，装酥油的“加木热”堆在角落里。行吟的歌手弹着“扎姆捏”四处游唱，赞颂英雄，表达爱情。黄昏临近，男人默默地坐在火炉边，身心被日子、牛羊、草原和天空占据，懒洋洋的，女人们则里里外外、井井有条地忙碌着。

漫长的冬天就在眼前，草地变得坚实硬朗，萧瑟的风呜呜吹过，可生活在湖畔的人并不担忧，草原人的心太大了，大得能容下千丘万壑、世相更新、秋的夜来风霜、冬的冰雪严寒。秋天，虽有惆怅，但仍疏朗开阔、从容豁达，其神、其灵、其韵，反而成就了青海湖固有的宁静致远，如人格的高与洁，自有脱俗、质朴、平静的风韵。

青海湖流域是一个草原的世界。夏季美丽丰润，冬季荒芜冷寂却并不寂寞。不仅如此，由于环湖草原中莎草科牧草所占比重较大，环湖草原草质优良，营养丰富，适口性好，具有粗蛋白、粗脂肪、无氮浸出物含量高，粗纤维含量低的特点。

此外，青海湖流域基本上属于以固沙草为优势的植物群落，固沙草属多年生根茎禾草，不仅能在沙地上靠根茎繁殖，庞大的根系还能从地下很深的地方吸收水分，具有较强的适应能力，且耐旱耐沙，再生能力强。因此，这丰厚的草原不仅养育着生命，更重要的是，在青海湖流域这样一个特殊的地理单元中，承担着防风固沙的特殊使命。

但是，不容忽视的是，日渐干旱的高原地理环境越来越明显地制约着高原草地生态环境的发育，流域森林植被趋于消退状态，原来的喜温树种松树、桦树等逐渐消退，仅有耐高寒环境的青海云杉和祁连圆柏得以少量残存，高寒植被类型逐渐扩散分布到湖盆低海拔地段，使温性草原植被所占比例越来越小，最终使青海湖流域植被的整体景观呈现出草地植被脆弱、草层低矮、草群稀疏、结构简单、覆盖度小的趋势，并不断地朝高寒景观方向演变发展。

听说，青海湖南岸的夏拉草原上还有一种别致的野花叫“柯丹秀萝”，不知是藏文译音还是蒙文译音。此花极有个性，鲜为人知，生长在草原深处。本来是请了一位见过她的人一起去寻觅的，不想，因为她在藏药中极其独特的药效，待我们赶到时，已经被不知什么地方来的人，挖了个一干二净。

长期以来，与环湖草原相濡以沫的牧人，在享受自然、接受大自然给予的恩惠时，保护着草原上一切生物的生命权与生存权。他们既要养家畜又要保护野生动物，既要放牧又要保护水草资源，维护高原生物的多样性，让这片旷古苍凉的草原在平静、祥和中繁衍万物自由的生命。

湿地如花

在青海湖北岸的浅水区，我见到了细长的眼子菜、水毛茛、穗状狐尾藻。这是环绕在青海湖沿岸的沉水植物，属隐藏性植被类型，有些地方还伴生有挺水植物三裂碱毛茛、水麦冬。

湿地如同海洋、森林、耕地，是常年积水和过湿的土地。天然湿地的生物多样性、生态功能，在全球生态平衡中的价值都是不可替代的，被誉为“地球之肾”。全世界湿地约有 5.14 亿平方千米，约占陆地总面积的 6%。我国湿地面积约占世界湿地总面积的 11.9%，位列于加拿大、美国、俄罗斯之后，排名世界第四位。

根据 2010 年第二次湿地资源调查成果，青海省湿地资源面积 814.36 万公顷，占全国湿地面积的 15.1%，居全国第一。这恐怕是很多人不知道的事实。最近安徽一位朋友办了份刊物《湿地文学》，我告诉他，须重视青海湿地与青海作家的作品，他有些不以为然。这当然不能够完全怨他，是我们宣传不到位。

大自然在孕育万物，让万物在自然的怀抱中繁衍、生生不息，人类没有任何理由加以干扰和破坏。最新研究成果显示，近 20 多年间，我国湿地总面积有所减少。从某种意义上讲，保护湿地，就是保护我们人类自己，但实际情况是，保护我国湿地生态系统的现实不容乐观。

青海湖国际重要湿地属内陆性微咸水湖湿地，总面积为53600公顷。2014年7月，中国科学院遥感与数字地球研究所专家根据《湿地生态系统评价指标体系》及《湿地生态系统评价指标测量技术手册》，对全国第一批46个国际重要湿地开展湿地生态系统评价工作，并完成了青海湖国际重要湿地生态系统健康、功能和价值评价。青海湖国际重要湿地综合健康指数为5.87，健康指数为中；综合功能指数为7.80，功能等级为好，湿地生态系统总价值达64.31亿元。它具有巨大的水体、独特的地理环境及生物的多样性，是珍稀水禽的繁殖和迁徙之地，是阻挡西部荒漠化向东蔓延的天然屏障、青藏高原最为重要的“气候调节器”。

湖泊、沼泽、河流、芦苇、草甸构成了青海湖湿地类型的多样化，哈达滩湿地、耳海湿地、小泊湖湿地、海西皮湿地、褡裢湖湿地、花海湿地、布哈河湿地、那仁湿地、芦苇湖湿地等地的景观丰富生动，天鹅、燕鸥、红脚鹬、黑颈鹤、渔鸥、鸬鹚、斑头雁栖息在不同的地方，随之而伴生的水生植物，尽情随性，选择适合自己生长的环境繁衍生存。

沼泽类草场零星地分布于湖区南部海拔3200 ~ 3800米之间的湖滨低洼地，或者是海拔4000米左右的青海湖滩地，草场内的植物有薹草、青藏蒿、扁穗草等，伴生种有小蒿草、矮生嵩草、披碱草、风毛菊等，覆盖度达80%。

沼泽类草场广泛发育在大通山中低山、丘陵和滨湖草原的山前缓坡滩地，这里的草场大多容易聚水，形成一座又一座草丘。草丘上的牧草大多是湿生、湿中生、中生的莎草科植物和杂类草，是优良的冬春草场，也是青海湖畔一道异常美丽的自然景观。伴生有甘肃蒿、无脉薹草、华扁穗草、萎软紫菀、矮火绒草、棘豆、柔小粉报春。

由于青海湖湿地环境的多样化，远方的候鸟会选择不同的栖息繁殖之地，形成异彩纷呈的景观。位于青海湖西南部的三块石，石灰石、礁石密集，也是夏候鸟、斑头雁、渔鸥、普通鸬鹚集中的繁殖地。仙女湾湿地，是一片景色十分优美的湿地，由沙柳河细小的支流和湖滨湿地构成，吸引着大量水鸟。青海湖哈达滩湿地位于环湖西路，距离鸟岛 12 千米。这里的湿地类型属于季节性河漫滩，随着季节的变化，水域面积和湿地面积也随之增减。进入 9 月以后湿地面积开始逐渐恢复并增大，鸟类的种群数量上升，到 11 月中旬水面结冰为止，这里一直有候鸟活动，水鸟几乎遍布整个湿地。青海湖鸬鹚岛位于布哈河口以北，与鸟岛同处在布哈河冲积滩地的顶端。岛的东北缘有断层陡崖紧靠湖边，陡崖外有一近似圆柱形的岩石屹立于湖中，是普通鸬鹚的繁殖场所。神奇的是，由于青海湖东、西气温的差异，位于共和县倒淌河乡湖东种羊场境内的青海湖倒淌河湿地，紧邻环湖东路的地方，生长着一些东部季风区的水生植物，且呈现出明显的多样性，为鸟类的栖息、繁殖及觅食提供了有利条件。每逢春季，凤头鸊鷉、红脚鹬、普通燕鸥、黑翅长脚鹬、白骨顶、黑颈鸊鷉、大天鹅、黑颈鹤等水鸟，会不远万里来到这里栖息繁殖。

青海湖布哈河口位于布哈河与布哈河大桥之间，每年夏天，湟鱼洄游，这里成为食鱼类水鸟渔鸥、棕头鸥、鸬鹚捕食的天堂；泉湾湿地位于青海湖最西端，大小泉眼数不胜数，汇集而成的河流在广阔的青海湖边曲折蜿蜒，顺利地注入青海湖。甚至，冬季最冷的季节，这条河流也是青海湖越冬水鸟的重要越冬地。

可惜的是，海晏县境内甘子河乡的甘子河湿地，实际已无河水注入青海湖，只在靠近湖岸的地方形成了三个面积、大小、形状不等的湖泊——褡裢湖、莲花湖、未名小湖。

青海湖那仁湿地是沙柳河的一条支流，位于三角城种羊场秋季牧场内，沙柳河在这里有两个入湖口，在两个河口间形成了大片的湿地和沼泽，这为水鸟的栖息提供了优良的生境，有大量的水鸟在此停留、栖息。1992 年，青海湖鸟岛、海心山、三块石及周边水域，作为水禽栖息地被列入《关于特别是作为水禽栖息地的国际重要湿地公约》（拉姆萨尔公约），成为我国第一批国际重要湿地。

湖泊是生态系统中重要的关键点，是高原生态物质转换的通道，具有重要科研价值和保护价值。如今，青藏高原湖泊问题已经引起国内外保护组织的密切关注，青海湖、扎陵湖、鄂陵湖被列入国际重要湿地名录，卓乃湖、库赛湖、多尔改错等一大批高原湖泊被列为国家重要湿地。它们就像撒在雪域高原上的珍珠，点缀着江河源头；像默默守卫在江河源头的卫士，为长江、黄河、雅鲁藏布江中下游流域的生态系统筑起了一道道坚固的屏障。

由此看出，青海湖湿地不仅是我国特有濒危物种普氏原羚唯一的栖息、繁殖地，鸟类夏季迁入的繁殖地和越冬地，还是中亚迁徙路径上重要的中转站，在保护生物多样性、物质生产功能、气候调节功能方面作用尤甚。

地球上生命的诞生、发展、消失、重生和改变的历程，生动地展示着适者生存的自然法则。湿地环境中现存的所有生命都是适应生活环境的强者，也成就着生命的坚韧与仁义，造就着生命本身无以言说的美。作为一名感恩大自然、热爱大自然，提升自己生命力的人来说，应该懂得怎样用人类的思维诠释生命的灵性与永恒，而内心深处的感应和眼中捕捉到的美，又无时不传达着自然之美的灵魂、生命之美的精髓、人与自然亲密的关系，还有那生生世世、永不停息的激情。

大自然中的每一棵小草、每一朵小花、每一只小鸟，都是维系天地大美的天使，应该受到尊重。这些生命，虽然不一定起眼，却活出了各自的精彩，活出了自己的快乐，并且感召人类以敬畏之心善待生命、善待自然，也让寂寞的荒原开遍了绚烂的生命之花。

金露梅和银露梅

金银滩到了，这是一片气象万千、缠绵悱恻、浪漫多情的草场。

草原上有一条安静的小河。河的北面，开着黄色的金露梅，河的南面，长着洁白的银露梅。很多年来，在人们心目中，它是一个遥远的、神秘的地方。60多年前，金银滩草原的千户之女卓玛轻轻的一鞭，让杰出的作曲家王洛宾，留下了享誉世界音乐舞台的传世之作《在那遥远的地方》。作为中国人，没有人不知道这首歌，作为音乐家、歌唱家，没有人不喜欢它。

从地域的角度讲，金银滩是人们翻过日月山后目之所及的第一片草原，无论什么时候，都给人一种强烈的新鲜感。20世纪30年代，王洛宾在青海湖边的祁连山下搜集民间音乐，在一个小旅馆里，他听到了老板娘哼唱的一首哈萨克民歌《羊群里躺着想念你的人》。

银色的雪山顶住蓝天，

山下一片草原，

聪明美丽的姑娘生长在无边的大草原。

你打着马儿过小河，

河边多安静，

饮水的羊儿回头望着你美丽的身影。

你打着马儿过羊群，

姿态多动人，

为什么看不见羊群里躺着想念你的人。

这首好听的歌一共有四段，内容并不完整，即便是这样，聪慧的王洛宾还是深深地记住了这首歌的旋律。

不久，导演郑君里为拍摄电影《民族万岁》特邀在西宁的王洛宾一起到金银滩参加拍摄。当时，郑君里物色了一位当地千户长的女儿卓玛，给王洛宾配戏，卓玛扮演电影里的牧羊女。

卓玛是一位年轻漂亮的藏族姑娘，乌黑的大眼睛，粗粗的长辫子，身上挂满金丝边的彩色长裙，使她像小鸟一样轻盈。我见过一张卓玛当年留下的照片，鹅蛋形脸庞，容颜姣好秀美。

在卓玛身边的那几天，王洛宾不仅感受到了卓玛淳朴自然的美，也被她活泼、俏皮的性情打动。王洛宾和她一起放羊、一起拍戏，感到很快乐。

短暂的相处之后，摄制组就要离开这片草原了，王洛宾徘徊在卓玛家的帐房外，留恋的情愫被越来越沉的夜色包围。清晨，电影队要离开青海湖畔回到西宁，卓玛骑着马送了一程又一程。草原上的姑娘不会用语言表达自己的感情，只能用一双潮湿的明眸望着他渐渐远去的身影。

那一刻，王洛宾周身滚动着难以割舍的情感。他想起了《羊群里躺着想念你的人》，想起了卓玛在黄昏降临时，手里拿着细细的皮鞭，赶着羊群回家的身影。于是，他的心里，荡起了美妙动人的旋律。

在那遥远的地方，
有位好姑娘。
人们走过她的帐房，
都要回头留恋地张望。
她那粉红的小脸好像红太阳，
她那活泼动人的眼睛，
好像晚上明媚的月亮。
我愿流浪在草原跟她去放羊，
每天看着那粉红的小脸，
和那美丽金边的衣裳。
我愿做一只小羊跟在她身旁，
我愿每天她拿着皮鞭，
不断轻轻打在我身上。

20世纪50年代，世界著名歌唱家罗伯逊，将这首歌曲作为保留曲目，唱遍了全世界。而在我国，很多年来，人们都把这首歌当成了新疆民歌或是青海民歌。

1988年，《歌曲》杂志用五线谱的形式发表了《在那遥远的地方》，并在这首人人都能唱会唱的“名歌”前冠以王洛宾的署名。就这样，传唱了半个世纪的歌曲终于回到了创作者的名下。

1992年，这首歌荣获国家“金唱片特别创作奖”。

以后的日子里，王洛宾渐渐被人们了解，越来越受人们尊重。他像一棵顽强的红柳，继续汲取着西部大地民间音乐的丰厚营养。

当中国台湾举办的欢迎演唱会上，全体在座的人起立，向站在台上的王洛宾鼓掌，以表示对他的尊重。当他出访美国，站在纽约联合国总部的舞台上时，同样受到了崇高的礼遇。长达1分钟的起立、鼓掌后，满含热泪的王洛宾为大家演唱了《在那遥远的地方》。

这是一首饱含金银滩草原气息的歌。缠绵悱恻、真挚动人的歌，融合了王洛宾对西部草原文化的洞悉与审美，留下了他对青海金银滩草原姑娘卓玛深深的眷恋，达到了以最简单的方法，表达最丰富情感的至高境界。

1996年，王洛宾离开了人世，终于回到北京，和夫人黄玉兰一起安葬在金山陵园。他们的墓碑上镌刻着《在那遥远的地方》的手稿。去祭奠他的人，都会给他献上一束鲜花。因为，他创作的歌曲一直像鲜花一样散发着浓郁的芳香，他创作的旋律一直像鲜花一样美化着民族的语言！

当我真正接近这片草原的时候，已是黄昏。红色的太阳，金光耀眼，洒在温柔的草地上，整个金银滩草原，在镀着火焰般的霞光里燃烧着。我看到，金露梅和银露梅在轻轻战栗，像有一阵微风拂过绿色的草地。金黄的小花、银色的小花，似沐浴歌声的天使，为绿色的草原增添了欢快的气氛。

金露梅和银露梅，蔷薇科委陵菜属，生于海拔1400 ~ 4200米的山坡草地、河谷岩石缝、灌丛及林中，嫩叶可代茶饮用。花、叶可入药，有健脾、化湿、清暑、调经之效。她们对土壤没有特别要求，且耐旱、耐沙。即使在可可西里，海拔5000米的高度，也有金露梅闪烁着光艳的身影。当呼啸的北风由远及近，金露梅和银露梅都会挺直身子，像王洛宾动人心弦的歌儿一样为草原遮挡风寒。

微孔草

青海湖流域在我国植物区系上，属泛北极植物区内青藏高原植物亚区的唐古特地区。唐古特，又译为唐古忒，是清初文献中对青藏地区及当地藏民族的称谓。元朝时蒙古人称党项人及其所建立的西夏政权为唐兀或唐兀惕，后渐用以泛称青藏地区及当地藏族诸部。清初曾沿用此称，作唐古特。今蒙古语仍称青藏地区及当地藏民族为唐古特。

元代《马可波罗行纪》中，第一卷第五十七章对唐古特有过专门记载。马可·波罗说，他在沙漠中行走 30 天的路程以后，便到达了沙州（敦煌），它位于东方与东北方之间，整个大州的名字叫作唐古特。随后，他翻过祁连山，进入青海境内，来到了青海湖畔。他说，唐古特人的语速很快，唐古特人所穿的衣服用呢料或羊皮制成，这是由当地夏季极度潮湿而冬季无比寒冷的气候条件决定的。夏天，无论男女都穿及膝的灰呢长袍，穿买的或自制的靴子，戴一顶宽檐儿毡帽（通常为灰色）。唐古特人的衣着比蒙古人简单得多，在喀尔喀地区经常见到有人着丝绸长袍，可在唐古特地区却十分罕见。不管穿什么衣服，也不管是什么季节，唐古特人总是不穿右边的袖子，因此，右臂及右边半个胸膛就只好袒露着。如果天气好，他们出行时仍保持这个习惯。不少讲究的人用从西藏运来的雪豹皮给衣服滚上边，左耳戴一只串着红色石榴石的银耳环。不过，腰后别的火镰和小刀、左边挂的荷包和烟袋是每个唐古特男人必备的饰品。此外，青海湖和柴达木的唐古特人与蒙古人一样，每人腰后都带一把又长又宽的马刀。刀上的铁锈了，价钱却不菲；一把普通的刀售价三四两银子，镶了饰品的售价十五两银子。女子的衣着与男子相同，只是每逢节日，她们会肩披宽毛巾，毛巾上饰有贝壳制成的白色的圆环，直径约为 2.5 厘米，每隔 5 厘米缝一个。此外，和蒙古人一样，红珠串也是有钱人家的女子梳妆打扮时不可缺少的一种饰物。同蒙古人一样，唐古特人也习惯于游牧生活，他们的游牧点总是有几顶帐篷，唐古特人向往气候湿润、群山环绕、水草丰美的生活，他们痛恨和害怕沙漠。

说到饮食，马可·波罗说："唐古特人一般用牛肚或羊肚来存放油脂。唐古特人比较擅长的职业是搓牦牛毛（有时也搓羊毛，但少些），搓出的线用来织呢子，当地人的衣服就是用这种呢子缝制的。唐古特地区的砖茶很贵，人们将漫山遍野长的黄葱头采下，干燥后代替茶。还有一种草，干燥后压制成烟叶状权作茶叶，这种茶产于丹噶尔，故以丹噶尔茶命名。唐古特人给这种茶水里兑上牛奶，可以喝很多。像蒙古人一样，唐古特人的茶水锅也是终日不离炉灶的，他们一天差不多喝十次茶，逢客必敬茶。糌粑是喝茶时必不可少的。酸牛奶，其中的乳脂皮已揭去做奶油了，这是唐古特人最喜爱的乳制品，家家都有。"

从生物角度讲，唐古特地区是青藏高原隆升过程中形成的年轻植物区系，孕育了独特而多样的生物，有许多青藏高原野生植物资源。根据植物资源的不同用途，分为饲用植物、药用植物、食用植物、观赏植物、纤维植物及固沙植物等经济植物类群。其中有汉藏药材60余种，最著名的是水母雪兔子、麻花艽、唐古特红景天、黄耆、柴胡、冬虫夏草等。

这不得不让我再次聚起精神，从全新的角度看待这些植物。除了感觉到她们是青海高原上，一个个环环相扣的生态群落之外，还让我看到了一个草药的世界。小时候就知道，很多药都是从植物中提取出来的。比如阿司匹林来自柳树皮和绣线菊属植物的叶片，此药潜入人的细胞，像蚊虫叮咬一样释放出某种化学物质，阻碍人的凝血过程。洋地黄类药物则来自洋地黄的叶片，这种药物，可兴奋心肌，增强心肌收缩力，改善血液循环。

实际上，人类生活与植物无法隔离，特别在药用方面，每种植物都隐含着巨大的医药价值。医生开给我们的处方上，很大一部分医药直接来自植物。尽管如此，还有一些植物尚未得到科学实验的最终验证，需要人们去探索。

说起来，青海湖畔宽广美丽的草原上，每一天，帐房里淡淡的炊烟都会伴随着从东向西的太阳升起又飘散；每一天，牧人们都重复着同一件永远也做不完的事情，感受着不同的欢乐和遗憾。

同湖岸所有的牧民一样，拉羊一家过着日出而作、日落而息的生活。早上6点多，主妇和已经长大了的女儿们起床，分别给取暖的炉子和烧饭的炉子生上火。房子很快暖和起来，奶茶的香味飘了出来。一会儿，家里其他的人也陆陆续续起了床。当然，如果愿意，男人们还可以再睡会儿。全家人用过糌粑、奶茶为主的早餐后，女主人和女儿们开始给十几头母牛挤奶。此时，太阳已经离开地平线，草原从沉睡中清醒过来，空气中满是甜腻腻的味道。

在挤牛奶之前，先要让小牛吸一阵母牛的奶，因为小牛贪婪有力的吮吸会使沉积了一夜的乳液活跃起来，然后再把小牛拉开。自然，小牛被人从母亲身边拉走时，极不情愿。这件为难的事通常由拉羊最小的两个女儿来做，这期间会发生许多有趣的事，但被激活的乳汁挤起来会更加流畅。尽管如此，不得技巧的人仍然会一无所获，甚至会弄疼母牛招来抗议。

挤牛奶是一种艺术，女人的双手灵活而富有弹性，随着它们极有节奏、极有美感地上下舞动，两股洁白的乳汁交替着流进桶里。传统藏服上，挂着银质的奶钩，一端挂在腰带上，另一端勾住挤奶桶，女人蹲下身子挤奶时，奶桶正好处于一个合适的位置和高度。平常，奶钩挂在衣服上，是装饰。一切美好的东西，首先从使用开始，这是大美。

挤牛奶的工作完成后，接下来要把所有的牛放到草场上去，这是男人的活。牛离开家后，留给妇女们又脏又累的活是晒牛粪。拉羊家的主妇穿着一件单衣，带着女儿们，把袖子挽得高高的，用双手把那些散落在四处的湿牛粪捡到一起，然后用手抹开，像做一块块煤饼似的，摊在草地上。如果天气好，这些牛粪在一天之内便转化成了可燃性的能源，假如需要较长时间的储存，她们就得把湿牛粪弄成一个个较厚的圆饼贴到墙上，晒干后堆放起来。

清晨，青海湖畔的气温很低，大概不超过 6℃，手握湿牛粪的双手冰凉，但是她们习以为常。拉羊的女儿们不但没有表现出抱怨的情绪，相反，乐此不疲。一边干活，一边说笑嬉闹。静谧的草原很快富有了生气。

正午时分，太阳的强光洒在草原上，女儿们禁不住诱惑，奔向湿润的地方。风轻云淡，绿色的草原一望无际。溪水长流的地方，繁花似锦，像迷人的牧歌，像身边的湖水一样平静、透明，她们尽情享受着新鲜空气、自然美景。

湖光闪耀，白云浮动，鸟雀鸣叫，和阳光一样灿烂。在这无边的花海中，一种蓝色的小花静静开放，别具一格。她就是青藏高原上一种特殊的药食两用植物，微孔草。

微孔草系紫草科微孔草属二年生草本，目前全世界发现本属植物 29 种，我国有 25 种特有种，青海有多花微孔草、甘青微孔草、狭叶微孔草、宽苞微孔草、西藏微孔草、长叶微孔草，主要生长在青藏高原海拔 2700 ~ 4000 米的区域及其毗邻的高寒地带。微孔草适应性强，生产潜力大，是我国特有的珍稀优质野生油料植物新资源，种子含油量达 40% ~ 45%。微孔草籽油中不饱和脂肪酸含量高达 90%，而且含有十八碳四烯酸等其他特有的高活性成分，尤其含有丰富的被国际上公认为功能性医疗保健产品的重要原料——亚麻酸。

亚麻酸是一种多功能特殊油脂成分，具有独特的药用、保健和营养价值，是预防人类心脑血管疾病的必需品，在参与人体的新陈代谢和重要生物合成转化过程中占据特殊地位，而自然界中，亚麻酸仅存在于极少数植物油脂中。

与国际上深受欢迎的同类油料月见草油相比，微孔草籽油除富含和月见草油相同的亚麻酸，还含有月见草油所没有的十八碳四烯酸等其他独特的高生理活性成分。可见，微孔草籽油的营养成分、含量和医疗保健作用均明显高于月见草油。对降低高脂血症具有显著效果，并且在缓解动脉粥样硬化，预防冠心病、肥胖症和糖尿病等方面具有独特的功效。

大量研究表明，微孔草籽油是降血脂、抗疲劳，预防和治疗心脑血管疾病较为安全、有效的纯天然医疗保健物质。另最新研究表明，微孔草块根含有丰富的蛋白质、淀粉、糖类和多种氨基酸，早期茎叶还是良好的保健蔬菜。同时微孔草还是蜜源植物。盛花时节，蜂群环绕，蓝色的微孔草如梦如幻，似湖水般微微起伏。

看着花朵般鲜艳，脸色健康红晕的拉羊的女儿们，在蓝色的微孔草中欢快跳跃的身影，我一直在幻想，如果这一重要植物资源能够在草原上大面积种植，利用收获的草籽开发出理想的保健产品，不是可以用来为人类服务，改善牧民生活吗?

下午的时间无忧无虑，草原恬静、温馨，我眯着眼躺在帐房前晒着太阳。房顶上升起了炊烟，女人们有的在晾晒羊毛，有的在翻晒牛粪，有的则闲坐在门前草地上，看孩子们玩耍。打破小村庄的宁静的是男人们的摩托车或手扶拖拉机出入村庄的声音，还有此起彼伏回荡在草原上的牦牛那拖着长调的浑厚的中音，绵羊啃食嫩草时因为满足而发出的颤巍巍的高音。

暮色苍茫，牛羊成群结队地返回了各自的家。女人们又开始忙碌了，她们把母牛和牛犊在绳栏上拴好，把羊赶进羊圈，把晒干的牛粪收拢起来，然后开始挤牛奶。男主人给佛龛前的净水碗里添上水，让电动的经筒转动起来，然后让女儿身背通常放在佛龛下用黄布包着的经卷，绕着庭院按顺时针方向转上一圈，最后，在晚霞将要退尽的时候，点燃煨桑台前的桑烟，祈求佛祖保佑生活平安、人畜兴旺。

晚饭的炊烟随着袅袅桑烟再次升起，这是全家人围在一起吃的一天中唯一的正餐，除了必不可少的奶茶，还有一些面食，偶尔会做一次米饭，当然这些都是从城里学来的，但不管什么饭，都必须要同时煮一盘羊肉或牛肉，这样才能真正填饱肚子。牧人们用来做饭和吃饭的时间，比城里人少，也不费神琢磨该增加什么营养，配什么蔬菜。因为，奶茶、糌粑和酥油，并没有让他们缺乏维生素、热量和营养。

晚饭结束后，一家人会坐在一起谈谈家常，有电视的人家可以看看电视，但那里面的事情离他们太遥远，不值得他们过于认真。

草原的夜晚宁静甜美，生活似曾相识，循环往复。对牧人来说平淡，却不乏味。辛苦，却不痛苦，所以，他们每天晚上都能做个好梦。

龙胆

草原的夏天虽然短暂，却是青海高原的黄金季节，当你走进高原，随处都可以见到蓝、紫、粉、黄、白、淡青、米黄和玫瑰红的簇簇花朵，丛生在青翠的山地和灌丛间。粗看，形似小喇叭花；细瞧，花管像小铃铛，口儿朝上。仔细分辨时，发现花冠的边缘是五裂的，叶儿虽细长、错生，茎秆也短小，却异常坚韧。

从小在西北高原生物研究所长大，父亲又经常出野外考察，多少受了一点影响，知道这些精致的小花都可以称作龙胆。而且，在所有的龙胆花里，我最喜爱开着蓝色花朵的龙胆。每次相遇，都会弯下身子细细观赏，有时会按捺不住，小心翼翼摘下来一枝，夹在笔记本内。即使过了很多年，那深深的蓝也不会改变，依旧会散发出淡淡的幽香。

离开生物研究所 20 多年，内心仍存有依恋，从小一起长大的好朋友春艳在生物研究所图书室工作，常去那儿。不经意间，竟看见了 2004 年度国家自然科学奖获得者何廷农、刘尚武研究员的专著《世界龙胆属植物研究》，那厚重的获奖巨作封面上，有一朵蓝色的管花龙胆，我欢喜地把书拿在手上，放也放不下。

巨作是英文版，附有36幅彩图，全是生长在世界各地海拔2800～4700米的高原地区的龙胆花。两位研究者对世界龙胆属植物的研究，从1973年开始，已经在青藏高原艰苦的环境中持续了30年，那是通过几十人野外观察、收集实验材料后，结合实验室各领域数十年不间断地研究取得的成果。这项研究的意义是非凡的，它促使龙胆科成为在高山植物分布种类和生物学规律方面最清晰的一类植物。此项研究过程，采用了多学科手段和新技术研究方法，研究者在取得大批新的科学证据的基础上，对龙胆科中最大的主产于我国的龙胆族，进行了世界范围内的有关系统发育、起源中心、分布扩散、物种形成机制等的研究。

何廷农是这项庞大研究工程的发起人、组织者和第一贡献者，她是一位植物学家，曾经单独或作为第一作者，在此研究领域发现植物新属2个，发现新种70个，发现新亚种或变种34个，在生物学界的贡献是突出的。作为一位女植物学家，她似乎有一双更加敏锐、细致的眼睛。草原上的花草，路旁的野花，无论柳兰、杜鹃、直穗小檗、金莲花还是翠雀、马先蒿、唐古特铁线莲，她都熟悉得如同自家闺女。因为龙胆、杜鹃、绿绒蒿、报春，花色鲜艳，花形独具高原特色，又生活在环境恶劣、海拔很高的地方，所以被世界公认为四大高山名花，特别是龙胆花，属青藏高原种类最多，在中医，尤其是藏医药学实践中有着极高的药用价值。

小的时候，曾跟随院子里的叔叔、阿姨到草原上采集标本。先是小心翼翼地把采集到的花朵，连同根茎，固定在毛糙的标本纸上，然后迅速用卷尺认真测量植株、茎叶、花朵及根系，生怕这些宝贵的植株被压成干标本后，数据不精确，或有破损。随之，再测海拔，做记录，晾晒，整理。同时，仔细观察每一株花卉标本，从花型、状态、叶子、花色等各方面判断植物类型、分布地区。这种体验十分美妙，像是在与野花对视，在交流中互相认识了解。

龙胆属植物，主要分布于英国、俄罗斯、日本、美国及中欧地区和南美洲西部高原地区。在《世界龙胆属植物研究》中，我了解到，龙胆花呈基生叶莲座状，叶子细长、对生，花冠淡黄，管状钟形，花管基部和喉部布有细小绿色斑点。伞状的是龙胆名花秦艽；朝天开放深蓝色花冠，模样如丝绒制的钟铃，再配以狭长绿叶，枝干微微倾斜，既有兰的神韵又有菖蒲风致的是令人瞩目的达乌里龙胆。

这两种龙胆均属多年生草本，花序顶生或腋生。秦艽是名扬中外的中药，也是藏药中的常用药，此药性苦、甘平，一般用于治疗关节痛、肺病发烧、黄疸疾病等。陶弘景诗说："芳草碧如兰，偏地皆秦艽；未知山谷深，举步惊飞鸟。"可见生长在山地和高原的秦艽给人们留下了多么深刻的印象。

龙胆遍及青海高原，从海拔2500米以上的河滩、灌丛、草甸、林地、沼泽、草原，上升至海拔4800米的砾石边缘都有龙胆的踪迹，即使沿着青海柴达木盆地的东端到祁连山一带的高山草甸，也能看见黄花龙胆、刺芒龙胆、线叶龙胆、南山龙胆、达乌里龙胆、蓝白龙胆、秦艽、偏翅龙胆、鳞叶龙胆等多种龙胆属植物，她们勇敢而顽强地生长在缺氧、酷寒的草地上，为青藏高原贫瘠的土地增添了最亮丽的色彩。

之前，青海省全省考察发现的龙胆属植物共有42种，即使在《青海经济植物志》中，也只有关于青藏龙胆、麻花艽、达乌里龙胆、刺芒龙胆、六叶龙胆、黄管秦艽、管花秦艽、蓝玉簪龙胆、乌奴龙胆等12种龙胆的介绍，后经何廷农几次赴美国、英国和法国查看资料、标本，长年研究比较，对龙胆科植物中最大、最混乱的龙胆属种类进行了世界性的分类学修订，最终修正确立为362种，并在英文版的科学论著《世界龙胆属植物研究》中做出了详尽论述。

多年来，西北高原生物研究所对主要分布于我国的所有龙胆种类，以及绝大部分国外分布种类龙胆的形态学特征，进行了重新比较、评价，研究了大约

100种植物的花粉、60余种植物的染色体，还对30余种植物的花的解剖学特征进行了首次探究，特别是我国研究龙胆的第一人何廷农，在此研究领域做出的贡献，令国内外专家和学者信服和称赞。她阐明了龙胆科中龙胆属、獐牙菜属等属的属下系统发育，重新建立了新的分类系统。这一研究过程，内容复杂，工作艰巨，具有挑战意义。根据形状趋势和类群分布格局，提出了龙胆科各属的起源中心应该在我国青藏高原东部的横断山脉地区的学说，对青藏高原植物类群的起因及其扩散的研究，起到了积极的推动作用。其中，以最初发现地的地名命名的是青藏龙胆、乌奴龙胆、岷县龙胆、三歧龙胆、丽江龙胆、阿坝龙胆、道孚龙胆；以花型或花色命名的是全萼秦艽、长萼龙胆、短蕊龙胆、条纹龙胆、管花秦艽、蓝玉簪龙胆、黄管秦艽、圆齿褶龙胆、黄白龙胆、紫花龙胆、蓝灰龙胆、三色龙胆；根据其种类、叶茎形状形象称谓的有匙叶龙胆、白条纹龙胆、刺芒龙胆、六叶龙胆、偏翅龙胆、粗茎龙胆、短柄龙胆、钻叶龙胆、针叶龙胆、肾叶龙胆、膜果龙胆、假水生龙胆、开张龙胆。

如此繁多的龙胆花，实在难以尽述。难怪草原上的牧人，见到蓝色的花，统称为龙胆；见到黄色的，又都叫作格桑花。虽不追究细理，却一样会受到珍惜钟爱。

夏天到了，一簇簇鲜艳、浓郁的龙胆花，在雄浑的青海大地上如梦如幻、尽情绽放，见到她的人，没有人不为之感动，为之骄傲。

我们还想渴求大自然什么呢？

沙岛

从西宁出发，两小时后，就能看见蓝色的碧波，连绵的沙丘，岸边星星点点的金露梅了。再往前，沙丘、白云、湖水，如诗如画、静谧无声，数万只渔鸥在此繁衍生息。

青海湖东北岸，距省会西宁 120 千米的地方，是沙岛。北临金银滩、南依青海湖，东西长 36 千米，南北宽 3 千米，平均海拔 3200 米。作为一片生物多样性丰富的保护区，沙岛不仅是千年万年大风侵蚀草地后留下的一处遗迹，也是大自然在丰盈的春夏带给人们的奇迹，还是濒危物种普氏原羚主要的活动区域。

沙岛，曾经是一个湖中小岛，生长着树木。后来，因青海湖水位逐年下降，湖中沙垄突出水面，接受风沙堆积，成了与陆地相连的一个半岛。但，即便是在这样一处时而干旱时而炎热的地方，也仍然生长着旺盛的马莲。她们相拥在一起，于根部宽大的绿叶中伸出蓝色花朵，飘着淡淡的清香，仿佛沙岛苍凉沉静、丰富忧郁的内心。

木栈道在盛开着马莲花、金露梅的草地上蜿蜒向前，将我引向一片长满芦苇的湿地。芦苇上半部颜色浅黄，没有完全变绿，绿色的根部仿佛凝固在水面上的苔藓，散发着潮湿的气息。

白色的云影在水面上浮动，我弯下身子，触摸了一下湖水。湖水微热，尝了一口，淡淡的甜香，浸润在心口。显然，芦苇湖是一个淡水湖，来源于地下泉水。我一时有些恍惚，为什么离咸水湖这么近的地方，会出现这样一个淡水湖，还生长着茂盛的芦苇。

一只渔鸥扑扇着翅膀掠过湖面，溅起点点水花。一只燕子停留在湖边，梳理着自己丰满的羽毛。不远处，还有几匹红色的马在沙地上徘徊。朦胧中的芦苇平静安详，簇拥着美丽的湿地，我的心不禁荡起阵阵波纹，感受着大自然的呼吸。

芦苇，是生长在水中的高大禾草。夏秋开花，广泛分布于全温带地区，即使在青海高原，从西部的乌图美仁草原、金子海，青海湖的沙岛，到东部农业区的黄河两岸都有她葳蕤的身影。芦苇全身是宝，嫩叶富含蛋白质和糖分；长大的叶子可以包粽子；苇秆可编席子、织鱼篓、打帘子；芦根性寒、味甘，可消毒解热，芦苇纤维更是造纸的优质原料。但是，生长在青海高原的芦苇，最大的作用是涵养水源，保护湿地。

沿着一条长满粗壮沙蒿的小路，向沙岛深处走。蚓果芥、马尿泡、赖草、裂叶独活等，以旱生的草本植物和小半灌木为优势所组成的植物群落在沙坡地带蔓延。偶尔，有几丛山柳灌丛，在远处显现，莲花湖的蓝和鸢尾的蓝，像雾，像云，又像梦。

太阳渐渐西沉，寂寞的芦苇在金色的余晖中越发柔美。在这样一片神奇的高原湖泊上，芦苇和阳光，普氏原羚，渔鸥和鸬鹚，马莲和金露梅，包括青海湖流域所有的生命迹象与生存状态，都令人无比尊敬，连接着人类与自然和谐共生的元素。

辑四

雪落蓝花

XUELUO LANHUA

雪灵芝

植物的绽放与衰弱和人类休戚相关，同时也成就着这个世界的生命和灵魂。从小生活在高原，无论什么时候，对生长在高原的草木，都新鲜好奇，即使是没有根、茎、叶、种子，靠孢子繁殖后代的绿色植物苔藓、藻类与蕨类，即使是看似朴素、从不张扬的雪灵芝。

据说，西王母是昆仑山的主神，她既能主宰人间祸福，又操有长生不老之药。她“蓬发、戴胜、善啸”，在《山海经》里，是一位人面人形、虎头豹尾的神人；在《穆天子传》里，是雍容华贵、风唱雅合的一代女王。传说中，她有一串非常珍爱的翡翠串珠项链，自然天成，碧绿莹润。可是，在一次梳妆的时候，串珠的丝线不慎断落，翡翠纷纷散落，掉下凡间，散落在昆仑山山脉洁白的雪山上。顿时，纯净的雪山一片绿光，绿色仙子降落凡间。不久，昆仑冰封之地，长出了枝叶密集的绿色植物，像团团玉珠撒落在地势高亢的昆仑山。西王母看后，甚是欢喜，急命太上老君下凡点化，让碧绿的雪灵芝，借助神力开出了星星点点的白色小花。

从此，雪灵芝于寒冬盛开，在昆仑山繁衍不息。

下山的小路像峭壁一样陡峭，路上是松动的板岩、沙砾、页岩和湿滑的高山苔藓。阴雨连绵，群山壮丽。山下有禾草和零星灌木，娇黄的卷鞘鸢尾。接近 5000 米的海拔，让我头晕目眩，寂寞和苍凉在布喀达坂峰积雪耀眼的峰顶无尽地蔓延。

冷风吹过垭口，远处的野牦牛像一阵旋风卷起的乌云，自天边滚过。一片嶙峋的山地上，茎高只有寸长的一片雪灵芝还没有开花，也绝无明星的派头，只与岩石、沙砾融为一体，抗拒着终年寒冷气候的侵袭。雪灵芝是我国特有植物，属高等植物石竹科，多年生垫状草本。主根粗壮，半圆球状，木质化。主要分布在四川西部、北部，西藏东北部，青海东南部海拔 4700 ~ 5500 米的昆仑山、巴颜喀拉山及祁连山、大坂山。

雪灵芝是世界上生长环境海拔最高的绿色开花植物，质地紧密，营养丰富。由于含大量生物碱，食用后，能提高人体免疫力，有很强的滋补作用。但雪灵芝生长极为缓慢，要成长为一朵可以采摘的成草，至少需要十年，而要达到优良采摘级别，则需要几十年甚至上百年。珍惜植物的当地人，称雪灵芝为人间仙草，却不轻易采摘。

高寒地区独有的植物雪灵芝，生存环境不可复制，无法人工繁殖。为了亲眼看看这珍贵的植物，许多人不惧险阻，不畏缺氧带来的身体不适，来到高山之顶，为的就是与离天最近、饱经风霜的珍奇之花相会，留下与美感经验无关，却与人的生命紧紧相连的深刻记忆。

在我眼里，穿越险峻之地，于高山之巅见到的雪灵芝，是生命的奇迹，也是幻化中天界的意向，她没有丝毫的傲慢和造作，只想静静地享受阳光和水的沐浴，表达出生命的灵性、执着的个性、生存的哀乐。

米花看花

赴都兰途中，一位来自北京的姑娘夹在一群装备齐整、威风凛凛的摄影人中间，尤为醒目。

下车后，四目相对，莞尔一笑。我们之间似乎有了些淡淡的默契。她是来看花、看水、看野生动物的，与试图把眼前的天空、草原、鲜花和众多野生动物，一股脑儿装进自己镜头，带回去推敲、欣赏、陶醉的摄影人有些不一样。

都兰沟里乡合支龙的夏天深邃迷人。海拔高至4200多米的汗布达山区，是当地牧人心仪的草场，草木丰盛、溪水潺潺、野花荟萃，也是野生动物天然的栖息之地。正午时分，岩羊、黄羊、盘羊、白唇鹿、马鹿不见踪影。当然，它们怎么能轻易出现在人们眼前，而黄鸭、猞猁、石貂、狐狸、沙狐、鹅喉羚和雪鸡同样难觅踪迹，在大山深处徜徉，不理会凡间琐事。

近期，不断在这里发现雪豹的事实，让雄心万丈的摄影人个个怀揣梦想，期望与它相逢，也让研究雪豹的专家、学者心驰神往。其中，同来的一位摄影人见雪豹心切，头天下午便上山匆匆寻觅，待次日中午在沟里见到时，他神色反而淡定。原本说好一起下山的，却又忽然跑得无影无踪，叫人捉摸不透。

他哪里知道，雪豹乃动物之王族，高傲矜持、智慧从容、特立独行，不招摇，也绝不会被尘世间的任何事魅惑，与雪豹的相遇特别需要缘分。

此时，北京姑娘米花，正勉力做瑜伽状，或蹲或伸展身子匍匐于地，用手机拍各种花草，又拿出一架精致的望远镜远眺。

都兰自古多树，都保持着原生状态。珍稀的千年柴达木圆柏、原始青甘杨，“活化石”梭梭林，器宇轩昂、笼盖四野。另有黄耆、大黄、羌活、雪莲、麻黄、锁阳、茵陈隐秘于丛林、坡地，须近观细看。等我手忙脚乱拍了又拍，郑重地从米花手中接过望远镜，透过镜片看时，突然傻了。

望远镜中，草叶中的白头翁、龙胆、秦艽、多刺绿绒蒿陡然之间睁开眼睛，盯住我。

重重花瓣，细密茸毛，花叶花萼，花蕊花丝，如手工艺人镌刻的珐琅器皿，如精心琢磨过的宝石、翡翠。不同的是，能够让我嗅到馨香，于美妙瞬间，感触到她们各自含蓄又悸动的心跳和结实的孢子中即将崩裂四射的花种。

原来，米花看鸟看花看世界非比寻常。她在借助望远镜细细体会、慢慢欣赏，用心揣摩其中奥妙。这意味着人在荒野之间，与野生的生命、自由的生命、璀璨的生命更为亲密的交往，像姐妹间的细语、土地对种子的承诺。同时，足以证明，她同大自然神交已久。

都兰地处柴达木盆地东南隅，全年气温偏低，海拔最高至 5536 米，戈壁、沙漠、谷地、河湖、丘陵、高原、山地依次分布，地貌类型多样。40 多条大小河流，养育着广袤土地。是一处未曾遭受人为干扰的荒野，也是剽悍、骁勇善战的蒙古人纵马驰骋、难以割舍的家园。雄浑、洒脱、原始的自然品质，交织着最基本、完整的生态价值。

阳光下，沙柳河、托索河、察汗乌苏河在高山、峡谷间缓缓而行，讲述着蒙古人纵马驰骋的故事，这使得遍布沟里乡合支龙的高山灌木能够始终积聚力量，释放出清洁空气，为生存在丛山中的野生动物提供庇护，建立起健康的生态系统。

当然，都兰的魅力不止如此。荒野本身，荒野之精华给予人类的美感、惊觉、苍凉之气无与伦比，更不用说，她在青藏高原进化、演变进程中的价值。从这个角度看，米花对待大自然的态度极其认真，接近自然的方式与众不同。望远镜中，放大的都兰，放大的山野、小溪、草原和野花，岂止是艳美，岂止是多彩多姿。作为野生动物珍贵的领地、原始牧场，除了壮美、辽阔、粗犷，此刻的都兰在米花的视野里又平添了几许细微、轻柔、渐变、动感与细腻。说是这位北京姑娘特有的审美方式，给了我极强的新鲜感与冲击力，毋宁说是在这之前，我并未有过真正沉下心，以冷静、平和、敬畏之心追究生命成长、辉煌、灿烂、死亡全部过程的经历和勇气。

这是米花这颗不灭的童心、好奇心带来的，与功利、世俗无关，必将与她终生为伴。

一个人的生命中，有什么力量可以触及你认为最为重要的东西呢？答案是多方面的，但，追求品质的精神却是唯一。雪豹无可替代，包括身形、牙齿、利爪、皮毛和骨骼兼具的威力；雪豹犹如酒神狄俄尼索斯，利用香气制造陷阱，迷惑猎人，最终使猎人放弃杀戮，成为大自然的爱恋者。野生植物白花枝子花、骆驼蓬、火绒草优雅神秘，绵密悠长，身处极端脆弱高海拔环境，短时间内完成长大、成熟、交配、育子、衰落的生命过程，使她们必须以牺牲者的姿态，尽快绚丽夺目、吐芳争艳、付出一切。

近年，由于青海野生动植物摄影协会的倡导和积极行动，全国各地的优秀摄影人，被称为“鸟王”“蝴蝶王”“猴王”“花王”的，跑遍青海，乐此不疲。拍摄、体验的目的，多了一层保护生态的愿望、积极进取的含义。

而这一次，米花和来自北京、山东、四川，以及广东珠海、青海西宁的摄影人，生物学界的学者、教授在海西州都兰县齐聚一堂，是为了参加都兰县野生动植物保护协会的成立仪式，这将是政府与民间协会共同承担和保护当地生物多样性，维持生态平衡的重要举措。

米花在沟里乡合支龙，住了一晚。

深夜，月朗星稀。她一个人傻傻地坐在草地上，用望远镜看星星、看月亮。月亮在空中闪烁，环形山清晰可见，似乎再仔细一点就能找到白兔。这是米花每逢来到高原或野外必做的功课。在她用自己选择的方式探究这个世界，进入大自然，让自然融入生命时，她的心透明、清澈，仿佛见到了塑造大地的艺术家，期待着与她倾心交谈的笑颜，又仿佛穿越时空，在宇宙翱翔。要知道，世界上任何事物都不会孤立存在，即使荒漠中的蜥蜴，空气中的水分子也有所依赖。与大自然的亲密接触不是生活中必不可少的，但却是人生中弥足珍贵、值得守护的。

当我再一次用她手中的望远镜观察这个斑斓的世界，群花争艳的世界，我不感意外、不再嗟叹，只有萍水相逢，或不期而遇后的惊喜和温暖。这是让身处大城市，身心疲惫、求得解放的人拥抱自然、心向自然的强烈愿望，充满幸福的感觉，也是我，作为青海人，以另一种方式遥望高原荒野，静静凝视春秋，冲向顶峰的喜悦。

难怪，“都兰”蒙古语意为“温暖”。真不知，它温暖了多少人的心。

大黄

草原上野花一片，比鲜花还要红的是掌叶大黄。

路过的时候，没有人会在意她在杂草中的存在。但是，当她长得像玉米、作为粮食站在你的面前，你就不得不惊喜异常地在乎她、重视她、品味她了。

生长在海拔 1900 ~ 5000 米的多年生草本植物大黄，高可达 2 米，是青海高原常见的一种野生植物。其种类根据生境条件，依次为单脉大黄、鸡爪大黄、掌叶大黄、菱叶大黄、歧穗大黄。

生长在海拔 1100 ~ 2300 米的干旱沙山坡、河谷阶地的是单脉大黄。根细长，无茎，叶片纸质。花淡，花丝短，椭圆形。种子窄卵形，深褐色。根状顶端残存有黑褐色膜质的叶鞘。

生长在海拔 1600 ~ 3000 米的林缘、林下沟谷或灌丛的是鸡爪大黄。根及根状茎粗壮，黄色。茎粗，中空，具细棱线，光滑无毛。叶大、圆形，顶端窄长急尖，基部略呈心形，大型圆锥花序。花小，紫红色。种子卵形，黑褐色。

生长在海拔 1500 ~ 4400 米的河谷林缘、坡麓的是掌叶大黄。又名珠莫萨。多年生草本，高可达 2 米。根粗壮，肉质肥厚，稍木质。外皮暗褐色，断面深黄色。茎直立，粗壮，无毛。基生叶和下部叶具粗壮的长叶柄，叶片卵形，掌状，有白色短刺毛。叶子较小。花序圆锥状，顶生。花小，淡红，数朵簇生，基部近心形，棕色。

海拔 1550 ~ 5000 米，生于高山砾石坡、石缝、干旱河滩的是歧穗大黄。矮壮草本，无茎，根状茎顶端有多层托叶鞘，棕褐色。叶基生，叶片革质，两面光滑无毛。花序为穗状，黄白色，花梗长约 2 毫米，花片卵形。果实顶端圆，微凹或微凸。但是，生长在可可西里海拔 5000 米以上的歧穗大黄，叶子多毛，叶柄短而有力。花密，红白相间，为的是增加抗拒风寒、保存水分的能力。

海拔 4700 ~ 5400 米，生于平缓山顶、山坡、湖盆、河滩沙砾质草地的是菱叶大黄。当地人称曲扎，多年生矮草本植物。无茎。花葶多数，比叶短。叶基生，菱形，革质，顶端稍尖，基部宽。叶柄粗壮。花密集，紫红，顶端微凸，基部心形。

为什么要用如此枯燥的语言，叙述青海高原上的大黄呢？

青海高原是海洋退去、地表隆起后形成的年轻高原，巨大的山脉连续不断，山体之间的峡谷深邃崎岖。海拔低的地方有茂密的森林，而渐次升高的海拔和地形形成的小环境使得山地植被变化迅速，因为生物种群的分布是由海拔和气候决定的，而不是经度和纬度。

不同的大黄生长环境也不同，让我们了解到，植物在征服恶劣气候，适应艰苦自然环境的过程中做出的种种努力。海拔较低的地方，大黄高大、粗壮，可达 2 米左右。海拔高的地方，她们只能缩小自己的身体，让自己变得矮小粗短，还要覆以短小的尖刺尽量储存水分，保持体力。

大黄中，最令我心动的是苞叶大黄。苞叶大黄是一种很特别的草本植物。叶子卵形，相对较小，却闪烁着光泽。花序呈金字塔，花自叶丛中抽出，圆形宽大的淡黄色苞片反转向下，酷似房顶上的瓦片，一片一片叠加在花柱上。苞叶大黄生长在肥沃的沼泽地，附近常常伴生着开同样颜色花朵的全缘叶绿绒蒿，是牦牛喜欢待的地方。

世界万物潜伏着的常人不易察觉的力量，似乎是为了人的存在而创造的。实际上，植物的存在都有着自己的理由，发生变化的根据，从不以人的意志为转移。我国的名贵药材中，除了人参、桂皮、樟脑、槟榔，几乎所有比较贵重的中药材都出自西部有森林、灌丛覆盖的高地。清朝时，从当地出产的中药材已经销往各地，甚至国外。人参出自东北三省，质量最佳者与黄金同等价格。人参可帮助人恢复体力，年轻、年老者均适用。桂皮为肉桂，产于广东、广西，是兴奋剂和调味品。槟榔是一种棕榈树的果实，产于我国南方，在云南是一种打虫药。樟脑产于台湾、福建，提炼出的樟脑香有滋补作用。

在我国用途最广的药物就是大黄。医药作用和西方一样，通常被用作泻药。大黄在四川、青海、西藏都有分布。虽然广为栽培，但野生的最佳。当然，品质最好的莫过于生长在阳光充足、气候干旱的唐古特地区，即分布在青海高海拔地区的鸡爪大黄。

牧人的原野

印象中，一直把青海三江源头，看成是平的，即使是小小沟壑间残存的湿地，也应该是平展的，像一个温暖的河床，滋生出无限的水系，然后汇集成江河。

这是一个原始的记忆。当我再次面对浩瀚的草原，沿着与天接壤的公路奔驰，穿过万物平坦的地面到达通天河畔的时候，我仍然将三江源辽阔的大地看成一个躺着的、身上覆满草叶花朵的、能够呼吸的躯体。

我想轻轻地抚摸，或者被它抚摸，却感到了被太阳拷打的滋味。然而，草叶冰凉。在同伴停车忙碌的时候，我悄悄蹲下身子，触了一下被强光灼烤着的草地。

一翻过海拔 3900 多米的河卡山，就闻到了浓浓的草香。公路两旁是波状起伏的草脉，连着天、接着地，如果有分开的地方，也必是墨色山形循着天际绵延曲折，兼顾着人们的期待。有水的地方草木丰盛，缺水的地方，略显憔悴。

在星宿海停留了一刻。没有什么比茫茫草海之上，繁星般美如眼睛的湖泊，更朦胧更明亮的了。

湖泊中浮动的白云，让我感到晕眩，不知何处是天，何处是地！

海拔已升至 4800 米，由于仙境般的湖泊，草木异常葱绿。

芨芨草、点地梅、野罂粟、藓生马先蒿星星点点，圆形的高山苔藓湿漉漉、绿油油地铺在湖边。

在三江源，水看似凝固不动，但其宁静之态依旧掩饰不住来自内心的激动。它们不时地汇集，又不停地分散，让跟随在它们身后的野花像河流一样流动。

在玉树称多，遇到的第一条河是雅砻江，它通向金沙江，是通天河的支流。接近夜晚的时候，这条河的颜色是藏蓝色，有皱褶的地方泛着银光，像布满鳞片的鱼尾。河流两岸湿润的草场上，野花密集，吃饱肚子的牦牛懒洋洋的。但车子驰来时，一只独处的牦牛，竟从车前猛然飞奔而过，扬起了它黑色、浓密，羽毛般轻盈的尾巴。

称多的星空清澈透明。第一次近距离接触玉树歌舞，也是在称多。盛大的仪式令我心动。鼓声、笛声、尖叫声，和着康巴人脚腕上的铜铃，撞击着我，令我身心颤动。

康巴人在扭动腰肢，踏着鼓点，昂起面孔，甩出长袖的时候，脸上微露的笑容真诚、甜美、自信。制造魅力的鼻梁的侧影，在移动的幻觉中，蔓延出的是浓烈的野性、肢体的狂放。他们轻松的气质和脱俗的精神从眉宇间展开，又自脚下托起，道出的是人间温暖、人间真情。难怪说，玉树舞蹈摄人心魄。

结古镇被大山环绕，繁忙自足。女人站在街头瞭望行人，男人开着私家车忙忙碌碌，操着各种口音的外地人穿行在街市中。

流经结古镇的结曲河时，感到河边的野花比山上的草木还要新鲜可人。风毛菊、虎耳草、龙胆、紫堇、垂头菊这些高山植物应接不暇、眼花缭乱。有了这条河，这里的人们才有安全感，有了这条河，野花才会尽情绽放。

在结古镇的商铺里买东西不允许用塑料袋，这与保护三江源有关，如此深入人心的管理和细微的关怀足以说明，这里的人对生存环境的重视。近几年，气温变暖，生态平衡失调，再加上人们对草原过度索取，使三江源雪线后退、草场退化、水源枯竭，生物种群遭到严重破坏。但是，面对开阔草原，食草的牛羊，白色帐篷和蓝天上形状丰富的云卷，我们又怎么能丧失理智，忽略长远利益。

听老人们说，长时间离开三江源的牧人，最想念的不是亲人，而是雪山和草原，河流和鲜花。

在三江源，只要有雪山，牧人的精神便有了寄托；只要有雪山，就会有山泉、小溪滋润万物；只要有野花，就会有绿草如茵的草原；只要有草原，心灵就不会干枯。

这些年，眼见着雪山正从牧人们的视野里渐渐消失，很多曾经透着神圣的光芒，被冰雪覆盖着的山峰已经裸露无遗，变得光秃秃的。在离玉树多采乡不远的地方，有一片开阔的草地，北面一座山的峰顶上是月牙一样的冰川，最早的时候，这片冰川是圆形的，像一轮满月，又像一面宝镜。所以它有一个美丽的藏语名字——“昂错美伦”，明镜的意思。“昂措美伦”是藏区著名的神山，可以从西藏的一座神山上望见它娇美的身姿。可是现在美伦已残缺不全。当地牧人还记得先民的一句古训，如果有一天，昂措美伦山顶的那一片冰川全都消失，世界的末日也就不远了。

过去，牙曲河源头的山上，终年积雪覆盖，但现在只有阴坡还存有几片残留冰雪，山头延伸至山脚下的冰川，已经消亡。冰川迅速退缩，牙曲河水水量逐年变小，连年断流。冰川消失的地方，发现了许多掩埋于冰雪下，还未腐烂的野牦牛的尸体。

君曲、莫曲和当曲河流域的很多雪山上，也渐渐看不到白雪的影子，冰川萎缩、雪线下降已不是新鲜的事。一般来说，海拔 4000 米以上的地方，终年都有积雪，但如今三江源海拔 4500 米的地方，没有一座山峰完全在冰雪覆盖之下，甚至绝大部分山峰的顶端都没有了冰雪。

近百年来，地球生态环境发生重大变化，大气中的二氧化碳浓度大幅度增加。这使地球温度不断升高，使地球在变成一个巨大温室的同时，蚕食着包括南北极在内，地球上所有的冰川和雪山。

也许世界上很多的人，一生中都不会有真正走进冰川雪山的机会，但是，这并不意味着我们与冰川雪山毫无关系。事实上，冰川雪山通过大自然的奇特循环，对每个人，乃至整个生物圈和整个地球都有着非凡的意义。难以想象，当地球上所有冰川雪山都消失的时候，我们赖以生存的地球会变成什么模样。

可以肯定的是，从此，我们将备受煎熬。

大地奉献给我们的，如此美好。即使一根青草，一朵野花，弥漫在空间，让草原人深邃、厚重。

沿着文成公主进藏的路线，通天河南岸勒巴沟虔诚动荡的景致缓缓展开。“勒巴沟”藏语意为美丽沟，像电影中的长焦镜头，将世界屋脊的一切美丽揽在自己的怀中。迷人的河水，四处跳跃，奔突着浪花。河水边，遍布青草。白色、青色的石块，刻满了六字真言。两岸石崖、山岩上镌刻着风格各异的经文、佛像，年代久远。摩崖石刻《礼佛图》《三世佛图》《转法轮图》是弥足珍贵的历史画卷。千年的藏传佛教文化赋予了勒巴沟 108 座佛寺、108 座佛塔、108 眼甘泉、108 座天葬台、108 种植物的神奇传说。

一块块刻着六字真言的石块，寄托着对亡者的追念，又像是大地的祈祷和祝福，表现出惊人的完美和崇高。

勒巴沟是蕴含藏区人文思想和宗教光辉的殿堂，冲向草原深处的河流是通往天堂的路，指引善良的人们，把希望和寄托、仁慈和不朽化为超凡的力量，与此相伴的是野花的纯粹与安宁，仿佛文成公主的眼泪，抛洒在河岸。

在三江源，你可以体会到理想主义者的情感，一种与周围环境纯然和谐的生活，更为强烈的精神追求和宗教情怀。自然之美会洞开人们的心灵，因为这一永恒的力量，生活在这片土地上的游牧民族、草原鲜花，才会这般天真、纯朴。

德国诗人歌德在他的《守望者之歌》中说，

你们幸福的眼睛，

你们目光所及，

不论是些什么，

都是这样美丽。

一只金雕划过天空，留下阵阵余韵。

自然之美是独有的，即使看似单调的一道地平线、一片蓝天、一朵野花，只要你愿意静静地坐下来与她对话，你的心中就会积聚起感情，进入一种安详的状态。

冬虫夏草

宽阔的河边弯道处，一块面积不小的冲积滩，在大山阻隔下，形成了天然的小气流循环断面。气候湿温的地方，高约十几米，像活化石般古老的柽柳群落茂盛密集，开着一束束紫红色的花。花香弥漫在河谷，河谷里长满了齐刷刷的紫花针茅。含有栗钙土的田陌上，一丛丛深绿色的野生红枸杞、黑枸杞树散布于各处，浓密的枝丫上，开出了一串串小巧的紫花。

爬上海南州兴海县隆藏沟神秘的龙头峰，强劲的山风吹起了我的头发。山巅下的俄堡，经幡飘拂，围满了来往行人投放的玛尼，祭祀的酒瓶、桑袋。一时，雪花飘舞、天地灰暗，适才还是绿草遍地、金露梅遍野的山岭，竟然像被山神施展了法术，变得雪白。

越过龙头峰，车盘旋下山。山下安然，无一丝雪迹。仿佛刚才的雪是梦中的事。转弯的小坡地上出现了牧民的帐篷，有的紧靠山崖，有的倚傍小溪。才到帐篷外，一只警觉的藏獒冲了出来，冲我们狂叫。多亏铁链拴住，不然藏獒会跟在车后紧追不舍。太阳就要下山，车继续沿山溪下行。黑土滩伸向远方。突然，窜出许多旱獭，个个直立，挺起肥硕的身躯，抱着前爪，旁若无人地面向橘红色的落日，一次又一次虔诚叩拜，又像是与即将消失的阳光告别。

旱獭灰褐色的长毛在微风中飘动，接着又有许多胖乎乎的旱獭幼崽，从洞中爬出，绒球样滚过来，与父母偎依在一起。这么多的喜马拉雅旱獭，栖居在同一片河滩上，也是青海高原上少有的事。

天渐渐昏暗起来，一抹残阳照亮了全缘叶绿绒蒿米黄色的花瓣儿。天黑时，我和父亲来到陡峭的山下，一排黑黝黝的土房前。父亲的藏族朋友则什姜一家正焦急地等待着我们。

屋内灯光柔和，烤箱内火光熊熊，锅里的羊肉飘着香味、冒着热气，水壶里的奶茶咕嘟嘟响着。热情的则什姜将我们让到炕上，炕桌上立即摆满了羊肉、酥油、酸奶。

一根长长的羊肋巴下了肚，再喝上一碗浓浓的奶茶。我已经吃得撑撑的。父亲和则什姜喝着青稞酒，聊着多年前的往事，我躺在热乎乎的炕上，进入了梦乡。

迷迷糊糊中，一阵有节奏的吱呀声将我唤醒。

晨曦微露，炕上已经没了人，蒙眬中，则什姜的母亲靠在窗下的小床上，眼睛微阖，右手执佛珠念诵经文，左手牵动着足有一米高的嘛呢经筒上下舞动。

则什姜的家坐落在一处陡峭的山崖下，山上是茂密的原始柏树林。山下，是空旷的绿色草原。吃过早饭，则什姜带着我和父亲，沿着牛羊踏出来的一条小路进了山。

山道蜿蜒在清冽湍急的山溪旁，沟壑纵深，山崖上开着橘色的山丹花，蓝色的飞燕草和淡绿色的绿花党参。

上到一处坡地，海拔已上升至4000多米。高山上虽有清泉溢出，柏树环绕，但已然感到空气稀薄，眼胀心慌，气喘吁吁。

我瘫坐在地上，则什姜也停了下来。父亲蹲在地上拨开草丛，一棵奇异的小草出现在眼前。都说这个山上有冬虫夏草，还真是名不虚传。露出小黑脑袋的冬虫夏草，是一个形似虫卵的深褐色植株，长六七厘米，有着明显的5对虫足。是虫草合体的物种。

亲眼见到草丛中的冬虫夏草，令我们精神一振，不顾头晕目眩，趴在草坡上，拨开一丛丛杂草，寻找香头般大小的深褐色芽胞。则什姜说，虫草通常长在灌木周围，我们就围着小山柳、金露梅灌丛，一点点搜寻，过了一个多小时，也没有发现一株神奇的冬虫夏草，只好用纸包好那唯一的一株返回则什姜家。

中午，我们一边吃着羊肉汤泡大饼，一边听父亲传授冬虫夏草的知识。冬虫夏草在藏区被称作“雅扎贡布”，是青藏高原漫长的隆起过程中，高寒少氧的气候条件下，在崇山峻岭和林深草秀的地貌环境中，孕育出的独特物种。

“冬虫夏草”，最早记载于藏医图书《月王药诊》，后来《本草纲目》中的记述最为详尽。明清小说中，对冬虫夏草有过细致的描写：“冬虫夏草冬则为虫，夏则为草，虫形似蚕，色微黄，草形似韭，叶较细。入夏，虫以头入地，尾自成草，杂错于草丛间，不知其为虫也；交冬，草渐萎黄，虫乃出地蠕蠕而动，其尾犹簌簌然带草而行。”

父亲说，入冬的时候，虫子出行时背着草跑，是古人对冬虫夏草充满想象力的描绘，非常生动。可是为什么虫草冬天是虫，夏天又成了草呢？

290多年前，法国博物学家巴拉南进入青藏高原。采集标本时，偶然间发现了冬虫夏草，第一次把她带到了巴黎。之后，英国人利维来到高原，把寻觅到的冬虫夏草，作为世间珍奇带往英国，引起了更多人的关注。19世纪中期，微生物专家伯利克经过研究，解开了冬虫夏草的秘密。原来，冬虫夏草是一种叫虫草菌的子囊菌寄生到蝙蝠蛾幼虫上形成的菌虫结合体。

则什姜抢着说，冬虫夏草就是个火柴棒。

我说，身子活像能动的蚕。

你们说得都对。

父亲在生物研究所动物室工作多年，积累了不少生物学方面的知识，而且很愿意在适当的时候露一下。

如果再等些时候来，我们可以看见豆绿色的小粉蝶蝙蝠蛾，成群结队在草丛中翩翩起舞，互相追逐的情景，那可是蝙蝠蛾寻求配偶的过程。找到满意的对象后，交尾，把卵子产在草丛中。

隆冬季节，孵化出来的蝙蝠蛾幼虫，迫于气候的酷寒，蛰伏到温暖潮湿的土壤内越冬。这时，漫山遍野的头花蓼、嵩草、龙胆等高山植物的根细嫩多汁，且富含营养，藏在土壤里的幼虫完全可以靠它们平安过冬。但是，无处不在的生命，涌动着的激情与力量如此美妙，令人叹为观止。即使潜伏在土壤里的小小幼虫，也难以抵御专门入侵这些幼虫的宿敌虫草菌的无情袭击。

冬季严寒，朔风凛冽。遇到蝙蝠蛾幼虫的虫草菌，大喜过望，兴奋地好似糖稀粘住海棠果的糖葫芦，不仅包裹住幼虫的全身，还钻进它们体内，不断吸食幼虫内脏作为营养。之后，繁殖出无数菌丝，直到幼虫内脏被全部吸食干净，幼虫死亡，变成一个只有蚕样形状的空壳皮囊。

此时，新繁殖出的虫草菌丝，再无可以补充营养的东西，只能在长期休眠中度过冬季，等待来年。春天，幼虫尸体内的虫草菌清醒过来，从头部发芽，长出一支小棒槌似的紫色“子囊果”，就是今天咱们在山上发现的“草”。这株“草”便是虫草菌丝上结出的果实——冬虫夏草。

成熟以后，植株顶端的子囊果会破裂，四处飘散，落到哪里，便钻入土壤，寻找新的虫草幼虫。如此循环生长，生生不息。

想不到，父亲对虫草的解释这般全面、缜密、科学。如果不是在这样特殊的地方，我可没有这么好的耐心听他讲述。

父亲接着说，全世界的虫草菌有 350 多种，我国就有 60 多种。目前我国已经发现的天然虫草有：冬虫夏草、蛹虫草、凉山虫草、新疆虫草、巴西虫草、江西虫草、香棒虫草、珊瑚虫草、布氏虫草、戴氏虫草、阔孢虫草及蝉花，等等。

有的以出产地为名，有的以发现者的姓氏命名，比如戴氏虫草。但那些虫草大多体小，价值不高。品质最好的当属分布于青海高原高寒草甸、高海拔山峡阴谷、林间的高山虫草。

青藏高原的虫草，虫体饱满，肉质松软，色泽土黄，虫足八双，四对分明。最好季节采集的虫草，个个都是古代典籍中记载的神品，也是目前药材市场上公认的佳品。

青海玉树藏族自治州的虫草为天下第一，其次为果洛藏族自治州和黄南藏族自治州，西藏高山地区的冬虫夏草也是具有营养价值与保健免疫功能的。

则什姜有些着急，那我们海南州的呢。

父亲莞尔一笑，兴海隆藏沟地区地处果洛山系，虫草品质当然很好哦。

则什姜开心地笑了。

昆仑如画

金盏花很快就开败了，冬天临近时，人们会望着斑驳满地的残叶惆怅。想起那年八月的时候，和作家王宗仁老师沿着美丽的湟源峡谷向西的一次行走。

那是一个晴天，越过日月山顶的时候还可以望见，黄绿参差的草地覆盖着的土地、翠珠般闪烁着的青海湖。远眺中，油菜花是黄的，青稞是绿的，天空是蓝的。再往西走，便没了青稞，没了菜花，只剩下赭黄，这不尽的强悍的颜色与天空相配，组成西部的景色。

随王老师在格尔木停留，采访青藏兵站部管线团两日。之后，随兵车上山。依然是大晴天，天空无云，阳光热烈，绵延不绝的昆仑山横亘在我的眼前。那是我第一次上昆仑，仿佛从梦中醒来，望着昆仑，呼吸着跟天空一样蓝色的空气，在沉默的大山里呼喊、奔跑。

昆仑山不像我想象的那般高峻挺拔，她雄壮、肃穆，昂首向上面向博卡雷克塔格山山顶。山峦之上，野草、野花遍布山坡，每一处都显示出生命的奇迹。

几千万年前，一股强大的地壳运动力，将印度板块渐渐挤压到欧亚板块下方。从那一刻起，这股强大的力量竟然把原来曾经是大海河床的庞大地壳缓缓托起。随后，历经整个第四纪的漫长抬升，逐渐发展成为面积 250 万平方千米的椭圆形高地，最高点达到 8848 米。

这块神奇高地的出现，带给全球的是一系列的巨大变化。今天，人们把地球上这块年纪最轻的高地称为“世界第三极”，这就是青藏高原。

青藏高原的隆起，完全改变了地球的命运和面貌，为今天的亚洲扬起了生命的风帆。青藏高原南沿，世界第一大山脉——喜马拉雅山脉，就像地球上筑起的一道“高墙”，集世界级高峰，海拔超过8000米的十余座高峰于一线。此外，青藏高原边缘的另外几座世界级大山昆仑山、阿尔金山、祁连山、阿尼玛卿山和横断山，相拥而成的则是一个平均高度达5000多米，顶天立地的巨大盆地。盆地中间是冈底斯—念青唐古拉山脉、唐古拉山脉、昆仑山脉的一部分。

海拔的高度本身就是一种境界。进入宏大的昆仑山脉，站在昆仑山口，似乎就已经开始接受大自然对人生各个阶段的模拟和暗示。很久，很久以前，这里属古地中海。自从隆起的喜马拉雅山逼走海水，让这里成为隽永的高原，数万万年来，这里的地质活动从未间断。长江、黄河、澜沧江三大河流均发源于省境南部，复杂的地貌类型、青海湖的存在，造就了这个世界上平均海拔3000米以上的高地和独一无二的生态系统，孕育了高寒区特有的生物区系和动植物种类。这里不仅是世界上高寒生物多样性最丰富和集中的地区、国际生物多样性保护的重点区，也是现代科学研究最为薄弱的地区。

而这块高地上的昆仑山，正如《正觉楼丛书》中杨筠《龙经》云：“昆仑山是天地骨，中镇天心为巨物；如人骨脊与项梁，出生四肢龙突兀。”发源于帕米尔高原的昆仑山，横卧青藏高原。东西横亘2500千米、平均海拔5000米、最高峰莫诺马哈峰海拔7720米。北坡陡峻、南坡低缓，海拔6000米以上完全是雪峰与冰川的世界。万千年的变化中，昆仑山把青海分成了两半，一半是青藏高原，一半是柴达木盆地荒漠般的干旱区。无论从南向北，还是从北向南，只要越过昆仑山口，两边的气候、植被、地貌便会呈现出截然不同的特征。

山路平缓，让我感觉不到这是一条上山的路。青藏公路两边随处可见的牵牛、龙胆、唐松草，让我惊诧不已。我压根没有想到，昆仑山上会开出如此繁盛的花朵，忍不住走一会就要跳下车，趴在地上欣赏。

王宗仁老师是青藏线上成长起来的著名军旅作家，为守卫在青藏线上的战士写下了不朽的文字。他已经记不清多少次上昆仑山，多少次看见青藏公路边的野花、野草，但依然和我一样爱恋地凝视着每一朵小花。

因为高山、严寒、大风、干旱、辐射强的生存环境，昆仑山上的植物生长受到抑制。为了减少蒸发量，保持水分，植物大多低矮，贴在地面，枝干为坐垫或匍匐形。同时，这些匍匐在地的植物，为了吸收来自地下的养分，都有着惊人的、长长的根系。因为，只要根在，草就不会绝；只要有了植物，就会有逐水而居的牧人，就会有野生动物在此生息和繁衍。

随着海拔的升高，高原野花主要在仲春至仲夏，特别是仲夏期间盛开。在高原环境下，她们各显神通，释放出的氧气起到的涵养作用，对于寒冷干燥的青海高原有着巨大的影响。比如龙胆科麻花艽、菊科美丽风毛菊的叶片厚度，会随着海拔增高和温度降低而增加，这种光形态的适应，很可能是影响光合速率的一个主要原因。

短短数日内，种类繁多的马先蒿、点地梅、龙胆、绿绒蒿、毛茛等开花植物，将体内蕴藏了近一年的能量，在这个季节竞相释放。由于海拔高，强烈的紫外线非常容易破坏花瓣细胞的染色体,阻碍核苷酸的生成。为了减少紫外线的伤害，花瓣细胞内会产生大量的胡萝卜素和花青素以吸收紫外线，保护染色体。

研究证明，类胡萝卜素可以使花瓣呈现黄色，花青素可使花瓣显露为红色、蓝色或紫色。紫外线越强烈，花瓣内的蓝色和紫色就越多，花瓣的颜色越是丰富多彩。难怪，高原上的卷鞘鸢尾鲜黄干净，藏波罗花红艳夺目，蓝玉簪龙胆晶莹透亮，青藏龙胆则蓝得深邃，且花型奇特，魅力四射。

坐在鲜花铺满的草地上，王老师讲了一个故事。

有一年，去西大滩泵站的路上，王老师注意到一棵很像苜蓿，但比苜蓿叶大、厚实、枝干粗壮的草，从一坨颜色黑灰、椭圆形的硬壳中端端正正地长了出来。这棵草随山风摇来晃去，很是孱弱，说不定会随时倒下，却又努力地撑起身子直挺挺地站着。他想，这柔弱的草，为什么能在海拔4000多米的地方生存？能否顶住隆冬 -30℃的严寒？而干旱贫瘠的荒原又能给她多少水分和养料？

想不到，为王老师解开疑惑的是一位入伍不到两年的新兵张典。其实很简单，去年秋天，张典眼见一位牧民赶着一群牦牛从这里走过，留下了三坨牛粪。不出一个月，三坨牛粪上长出了三棵草。

王老师大为惊讶，原来是这样。但这棵草，究竟是牦牛偶尔吃下的草籽未经咀嚼从肚里出来，重见天日发出的芽，还是，据张典所说，牧民有意为之，特意用草籽喂牦牛，让牦牛为昆仑山播种。因为，经过牦牛肠胃暖化过的草籽更容易发芽，而且耐寒耐旱。

世界之大，真是无奇不有，居然有这样奇妙而实用的播种方法。王老师极为感慨，又问战士张典，不是有三棵草吗，另外两棵呢？

张典说，我发现这三棵草时，见她们在风中摇晃、栖栖惶惶，怕被风刮走，便给她们培土、浇水，可是无意中却又疏忽了其中一棵。结果，恰恰是那棵被我疏忽的草活了下来。

听了王老师的故事，我久久无语。

王老师说，野草就是野草，贵在一个“野”字，“野”是她生存的前提。如果硬要把她捧在手里，使她失去了“野”，她的生命就结束了。

一阵微风吹过，高山嵩草在缓缓波动，红砂、猪毛菜、二裂委陵菜、细叶薹草、阿拉善马先蒿、密丛棘豆的花已经开败。不甚明艳的驼绒藜、矮火绒草和白花枝子花、禾叶风毛菊、多枝黄耆、冰草护佑着雨水稀少的茫茫荒野。

季节变化中的草地黄绿相间，抽穗的紫花针茅银光闪闪，远在石器时代，昆仑山就有人类活动的遗存，即使高寒缺氧的昆仑山，依然有游牧人群在此狩猎、采集。

一只鹰出现在蓝色的天空，提醒我这是在昆仑山，修炼人的地方。一朵阿尔泰狗娃花在杂草中默默矗立，似与雪山对视。

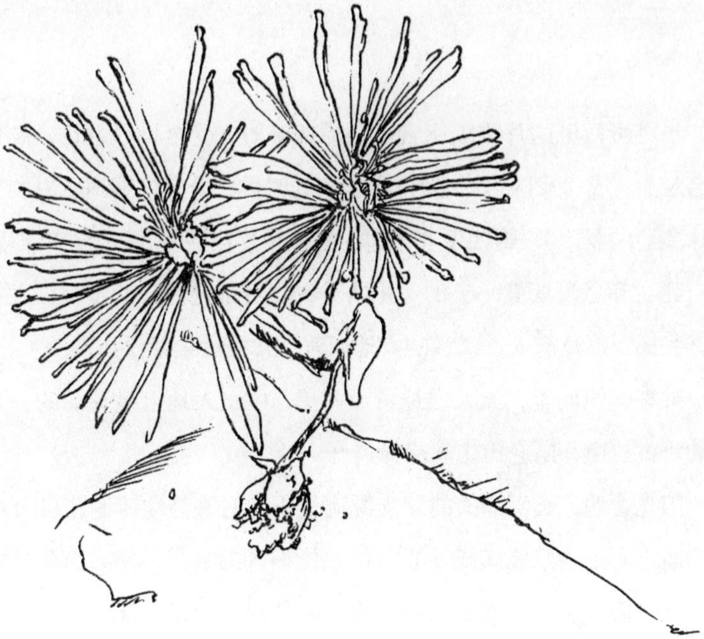

可可西里

当可可西里这片雄踞于青藏高原的旷野，受全世界瞩目，被列入《世界遗产名录》，成为我国第51处世界遗产的时候，最应该感到欣慰的究竟是生活在这片高地的藏羚羊、野牦牛、白唇鹿、雪莲和紫花针茅，还是终年守候在可可西里，面对死亡和恐惧淡然一笑的巡山队员呢？对于这片长期习惯孤独、沉默不语、不善张扬，曾经遭受过蹂躏的大地而言，又将意味着什么？

乘车蜿蜒而上，无人之地可可西里，中国大地上最美丽的一片净土，在巍峨的唐古拉山和昆仑山之间徐徐展开。

阳光普照，长江源头的北支源流楚玛尔河静静地流淌在可可西里草原宽阔的胸膛上，她的身姿蜿蜒曲折，像一位妇人的身影，她的面孔晶莹透亮，正朝着高原的阳光微笑。地处野鸭湖附近的楚玛尔河是长江北源的一条重要支流。楚玛尔河的古名“那木七图乌兰木伦河”是蒙古人留下的，藏语意为红水河，流域面积为2万多平方千米，因楚玛尔河从多尔改错湖穿过，形成了可可西里地区典型的地貌。

遍及可可西里的各种湖泊，其水源来自地面和地下。地面的水源是一条又一条从十几厘米到几十米宽的河流，它们与平原上的河流不同，河床往往宽达几十米到几千米。冰川在夏季时融化，融水在每年甚至每天流经的路途中都有可能改变，因此，河床总是在不断加宽。曾经的河床看上去已经干枯，但是多数仍然在浅浅的地表之下潜藏着暗流，也就是湖泊的地下水源。因此，分布在可可西里的湖泊，更像是散落在高山草地上的一枚枚小小的珍珠，在不经意间说不定就会出现在哪里。

可可西里冰冷的湖，含盐量大部分为3.5%，这超过了海水的浓度，如此含盐量的水里基本上是不会有生命存在的，但即使这种绝对性的论断在高原特殊的环境里也是不能成立的。可可西里湖属于半咸水湖，东西长37.8千米，南北宽13.5千米，水色浅绿，以冰雪融水补给。西北部有冰川融水形成的连水河自湖西北注入；从湖的南面注入的是源于西南面的汉台山的冷水河；北面是兴军山，东面是黑石山；南面的可可西里山上还有众多的溪流以潜流的形式汇入该湖，湖岸多为沙土地带，植被覆盖度低。

太阳在头顶高悬，可可西里腹地辽阔、肃穆、庄严。黄绿参差的草地，翠珠般闪烁的湖水、赭黄的土地、绵延的雪山，在湛蓝的天空下像大海一样波澜壮阔、缓缓起伏。

我似乎掉进了陌生的苍穹，感觉到它的高深莫测。我没有奔跑的勇气，脚下像踩着弹力十足的海绵，摇摇晃晃。但可可西里依然平静、依然浩瀚，让我渺小的身躯不知置身何处。

这是我第三次进入可可西里，一次比一次吃力。虽然没有人们想象的那般可怕，但我还是放慢脚步，调整了呼吸。我没有别的奢望，只想再次扑进它的怀抱，细细品味它独有的体味，那属于人类沉思默想、心潮翻滚的东西。

白云在轻轻地飘，把天空打扫得干干净净。宽广的谷地上，密集的湖泊乌兰乌拉湖、西金乌兰湖、可可西里湖、卓乃湖、库赛湖、太阳湖、可考湖、饮马湖，如珍珠洒落，如群星荟萃，在散发着异香的大地上轻轻荡漾。

放眼望去，遥远的天边是布喀达坂峰的皑皑积雪，它是可可西里最雄伟、高俊的山峰，正无比自豪地向人类阐释着地壳发生巨变后大自然皈依的真理，以证明伟大的先哲曾经讲述过的美妙寓言。

可可西里高寒缺氧，平均海拔 4800 ~ 5500 米，平均温度 -6℃，最高气温也未超过 5℃。这里神圣而寂寞，却活跃着荒野之上令人瞠目的生物链，不知什么时候，数以万计的野生动物藏羚羊、野牦牛、西藏野驴、白唇鹿、雪豹、金雕、盘羊、棕熊、藏原羚、藏雪鸡、红隼义无反顾地占领了这片奇谲之地。

我为此激动不已，心中涌起难以描述的波澜。

我知道，这一切是因遍布可可西里的雪山冰峰、荒漠戈壁，是长时间的日照，强烈的温差，充足的水源、食物，清新的空气，为野生动物的栖息繁衍创造了条件。更重要的是，因为没有人类的干扰，更确切地说，是因为守卫可可西里的巡山队员，在历经 20 年爬冰卧雪、风餐露宿的艰辛努力，赶走凶残的盗猎分子后，保存了青藏高原特有种，濒临灭绝的藏羚羊和其他哺乳动物完整的栖息地，摆脱了它们潜在的生存威胁，才使可可西里拥有了这般舒畅自由、这般干净明朗的天地。

而植物的种类也远远超出了我的想象。高寒草甸、高寒垫状植被、高山流石滩植被、高山冰缘植物，构成了世界上少有的大面积垫状植被景观。其中，84 种青藏高原特有种，可可西里占了 40%；150 多种垫状植物，可可西里地区就有 50 种。山峦之上莲座状的，以细茸遮蔽身体的野生植物生机盎然，遍布山坡，惊现出生命的奇迹。

为了存活，大唇马先蒿、棒腺虎耳草、紫花糖芥、毛猴花、斑花黄堇、匍匐水柏枝、星状风毛菊、唐古特红景天匍匐于地，扎下了深深的根；为了证实自己的存在，多刺绿绒蒿、垫状点地梅、冰川棘豆、短穗兔耳草、矮火绒草、迭裂黄堇、西藏微孔草、蓝花卷鞘鸢尾开出了鲜艳迷人的花。

3亿年前，可可西里曾经是古特提斯洋的一部分。之后，随着喜马拉雅造山运动迅速隆起。地表低矮的耐寒植物经过数万年的适应与自然筛选，勉强生活在年平均气温低于0℃的冻土表面。但是，当这些高寒植物，并肩而立，手拉着手，形成密集的植物群落时，她们才有了生存下来的希望。

神奇的是，可可西里的海拔高度恰是水汽凝结的适当高度。水汽触碰到植物会凝成小水珠，然后，顺着植物茎叶流到地表，形成无数微小的径流。当细微的径流汇集成众多条小溪时，便会叠加成辫状水系，流向远方，成为江河水源，成为湖泊、沼泽，让可可西里河流纵横，湖泊密集，滋润万物。水流沿内流河那仁郭勒河南缘，穿越豹子峡，流向柴达木盆地，使区内外流河与内流河流域面积遍布全区，让可可西里成为独特的大湿地。

任何美的事物都在运动中行进，人们只能借助自己的悟性，领会可可西里罕见的美。无论从南向北，还是从北向南，可可西里总是在咏叹中，诉说着过去血雨腥风、硝烟弥漫的故事。而故事如此惊悸，带我陷入梦境，让我凝神注视、倾尽全力。在这片孕育苦难、光明和理想的大地上，每一种生命的存在都具有非凡的意义。

在可可西里，你无法忽略这些生灵的存在，以及存在的庄严与伟岸。它们是荒野的伴侣、月亮的情人；它们不惧风寒，任天地荒芜，只管在通往湖泊、伸向小溪的山坡上不停地歌唱、歌唱。给予人类的，不仅仅是火、爱与洗礼，更是无言的珍重、呵护与嘱托，是提醒人类应该倾力付出，应该给予这些朴素而滚烫的生命，与其同在、同呼吸、共命运的美德与修养。

我不知道，这个世界上，还有什么比可可西里植株矮小、匍匐在地的野花更强大辉煌的生命；还有什么比这些野花纯净透明、秀丽芬芳的颜色更夺目的色彩。她们生活在世界屋脊青藏高原，是同南极、北极同誉的世界第三极，有着人类无法企及的高度。她们在此生存了上万年，或秀丽，或沧桑，或凝重的面容，代表着可可西里200多种野生植物的命运。她们伸展四肢，不得不匍匐在地，吸纳地心甘霖、储存能量的心力是不屈的精神。她们昂头向上、精神矍铄、勇敢顽强是为了于短促盛夏，完成生长、开花、结果、孕育新生命的过程。

由于生长季节短暂，所有植物都必须在短短的三个月内完成发芽、成长、开花、结籽的过程，有的植物甚至在不到20天的时间里就得走完她一生的生命历程。

曾经是军人的杨子，还记得在可可西里执行任务的一次非凡经历。

那一天，返回途中，越野车的轮胎被野牛沟的刀片石划破，他们只好在五道梁等候，让另一辆车上的战友回格尔木求救。

当时，正值中午。高悬在天上的太阳，火辣辣地照在他们身上。杨子徘徊在路边，心中焦急。突然，发现眼前黄绿参差的草地上，2厘米高的小草，颤巍巍地开出了一朵紫色的小花，从未见过的花。他痴迷地欣赏着，还未等他反应过来，奇异的小花竟慢慢收缩，疲惫地露出了倦容。又过了一会儿，太阳还在头顶上呢，小花居然就这样，匆匆忙忙地结束了自己短促的花期，平静地垂下了头。

整个过程如此迅速，是杨子没有料到的。

当时，没有手机，摄像机没带在身边。

这朵花叫什么名字，生命周期为何如此短暂，很可能，永远无人知晓。

或许，这就是可可西里荒漠草原上，最美最艳最动人的花。哪怕只有一小时，哪怕用尽所有力气，也要在海拔4500米的地方为生存、繁衍努力奋斗，展示自己的风采。

生物界，一朵小花的寿命长短，决定了生命境界的不同感受。可可西里荒原上的这朵小花，寿命如此短暂，却也经历了一生孕育、诞生、开花、结籽的整个过程，也有自己的快乐、自己的幸福，自己对于生命的完整体验与感受。

阳光洒落。披上一层金色的楚玛尔河缓缓流淌，如美妇身影，曲折柔美，如高原阳光，通透明亮。拥住泥土努力向上，像每一朵野花，在黑夜来临之前，向神山布喀达坂峰顶礼膜拜。

哦，可可西里，你这独有的迷人之境，令人窒息的美！

匍匐在地的花

寒冬过去，雨水降临。

每逢6月，紫花针茅、禾草慢慢变绿。可可西里在渐次盛开的野花的艳美中迎来了夏日。洁白的垫状点地梅、藓状雪灵芝、铃铃香青，像布满草原的积雪；红色的藏波罗花、柔小粉报春、唐古特红景天，为可可西里这位美丽的少女，染上了粉红的胭脂。紫色的紫花黄耆、桂竹香、缘毛紫菀，似迷雾缓缓飘散。蓝玉簪龙胆、多刺绿绒蒿、青海翠雀花、蓝花卷尾鸢尾像群星闪烁。黄色的委陵菜和垂头菊、卷鞘鸢尾恍如金秋的麦垛。

相传2500年前，古巴比伦一个国王，为了取悦来自异国他乡的王妃，采用立体造园技艺，建立了一座空中花园。园中种有各种异草奇树，奴隶们不停地推动连接着齿轮的把手，以提供灌溉动力。远远望去，花园仿佛悬在半空，显得格外美丽。遗憾的是，这座空中花园毁于残酷的战火，不久便消失在历史的长河中。

中国计量大学生命科学学院的生态学博士徐爱春，长期从事野生动物生态学、保护生物学和生物多样性研究。研究对象主要是分布于青藏高原的大型哺乳动物藏羚羊、藏野驴、藏棕熊、雪豹等。虽然生活在四季美如画的杭州，可他却非常热爱可可西里这片神奇的荒原，多次深入可可西里腹地考察。他说，可可西里是一个令科研工作者着迷的地方，也是让他梦牵魂绕，离不开的地方。

2017年夏天，我在都兰木里沟野生动物栖息地遇见了徐爱春博士，发现他不仅是一位研究藏羚羊、藏野驴、藏棕熊、雪豹的专家，而且对青海高原野生植物也情有独钟。在他的《可可西里的生态印记》一书中，作为一名细致入微的科学家，他充满感情、充满想象力地把分布着高山野生植物，平均海拔4500米以上的可可西里，描述成了悬在云端，绽放着奇异花朵的空中花园。他还热情地告诉我，可可西里地区的植物区系是一个以草本植物为主的区系。这里没有蕨类植物、裸子植物，青藏高原特有种在本区植物区系成分中占主导地位。比如唐古特马尿泡、青藏狗娃花、黑毛雪兔子、卷鞘鸢尾、单花翠雀花和镰叶韭。

徐博士对我说，可可西里地区生长着许多高山地区特有种。最大的特点是垫状植物丰富，有着世界上罕见的大面积垫状植被景观。垫状植被是植物为适应高山寒冷、干旱、强风、强辐射等环境条件，从基部密集分枝而形成的一种特殊的生长类型。可可西里地区的50种垫状植物，约占全世界垫状植物种类的三分之一，是青藏高原隆升过程中，植物逐渐特化的结果，从而也证明了高原区系的年轻和衍生性质。

难忘而艰苦的考察经历，让徐爱春博士见过很多垫状植物。常见的有垫状点地梅、豆科的团垫黄耆、石竹科的藓状雪灵芝、簇生柔子草。这些垫状植被是高约20厘米、直径不足30厘米，贴伏于地面的垫状体。流线型的外表和相依为命、紧紧靠在一起的枝叶，不仅能够有效地防止强风肆掠，还能避免生长期间，突然袭来的严寒气流造成疏水系统冻阻，从而使尖端枝叶和幼芽干旱死亡的危险。在这些垫状植物面前，簇生柔子草如同一位巨人，高达50厘米、直径100厘米，凹凸不平、团团相聚。年纪大的簇生柔子草团垫中间，还会逐渐变黑变褐，以致塌陷，从而适应高原极端环境。

由于可可西里地区生长季节短暂，所有植物必须在短短100天内完成生命中发芽、生长、开花、结籽、死亡的全部过程。所以，无情的风暴、冰雪随时会给它们带来严峻的考验，而能够在这种恶劣的生存环境下，成功生存下来的植物，与平原上的同类植物相比，往往具有抵抗低温、旱生的生活形态，坚强持久的耐力，以及无所畏惧适应挑战极端气候的勇气。

认识几位常年在可可西里地区腹地考察、研究的博士、学者。常常被他们治学严谨，不畏高海拔和艰苦条件对身体造成各种危害的风险，勇往直前的精神感动。

他们中和徐爱春博士一起前往可可西里考察的西北高原生物研究所博士苏建平，同样是一位长期从事野生动物生态学、保护生物学和生物多样性研究的博士。他通晓分子生物学，掌握遥感分析软件及相关软件技术，七八年前，他的研究方向就成功地从传统的宏观动物生态学转到了分子生物学领域，涉及的研究对象是仅存于可可西里地区的藏羚羊。有关藏羚羊的迁徙之谜是生物研究中的难题，是他在退休之前有望通过采集证据破解的问题。但是，由于他经年在高海拔地区奔波劳累，一心一意地坚持完成可可西里的考察工作，以致耽误治疗，倒在病床上，再也没有起来。

2018年6月27日，苏建平博士撒手人寰，离开了他心爱的野生动物生态学研究，丢下了深爱着他的妻女。那一天，可可西里大雨如注、荒原如烟，像是在悼念这位倾心于野生动物保护，为高原生物多样性完整献出毕生精力的纯粹的科学家。那一天，雨后的可可西里清新逼人，开出了烂漫、圣洁的花。青藏高原特有种，鹅黄的卷鞘鸢尾、淡紫的镰形棘豆鲜嫩欲滴，仅有的矮灌木匍匐水柏枝、小叶金露梅，在不知名的杂草中竞相争艳，特别是那紧紧伏在流石坡地上，被牧人们誉为“山中牡丹”的匍匐水柏枝，更是美得娇艳无比、绚丽无比、动人无比，像是在等待这位富有激情、具独立意志、顽强又倔强的科学家。

明月雪莲

雪山是静止的。在可可西里巨大的空间，雪山就是神祇，就是主人，它光芒四射，照耀着人迹罕至、黄草连天的大地，足以让飞翔在这片草原上的每一只金雕，笑傲苍穹。

野牦牛是在高莽之地繁衍、生存的勇士，在海拔4600米以上的青藏高原腹地可可西里，被人称作“死亡地带”的无人之地，无时无刻不显示着它的高贵与尊严。

雪线下，高山冷峻，神态肃穆，如巨浪起伏。强烈的阳光下，粗壮的野牦牛全身着黑，腹部两侧裙毛下垂，犹如雪山涧壑之冰川，虽剽悍强壮、威风凛凛，却又不失优雅。即使高而挺拔的肩峰和倔强的头颅，也难挡它舒展、狂放的身姿，其沉重与力量、奔跑与速度，使它尽显完美，凸现在高山大岭、山间盆地、高寒草原、高山草甸间，是荒原之上一座座移动的雪山。它们仅以莎草、羊茅等莎草科植物为食。夏饮河水，冬饮白雪，奔腾在宽广的草原，抵达很多野生有蹄类和家畜难以到达的高度。野牦牛生性凶猛，喜欢群居，多时几百头在一起，像整合的集体，相互照料，彼此宽慰。假如遇到雪豹或者更加强悍的动物，围绕在群体周围的每一只公牛都会毫不痛惜自己的生命，发起猛烈攻击，保护群体中的母牛和小牛。

在群体移动的时候，它们一般会避免不必要的争斗。但是，遇到数量极少的野牦牛时要特别谨慎。尤其是在交配期间，因为争夺配偶，在角斗中惨败，被逐出群体的独牛，像失恋的年轻人，敏感、多疑，难以琢磨，性情更加暴烈、易怒。

20世纪80年代，父亲和当地蒙古人查干深入昆仑山东端前山一带，进行高原鸟类区系补点考察，遇到过一头极其凶悍、游离出野牛群的独牛。当时，父亲和查干都骑着马，一只巨大的公牛，突然从飘散着紫花针茅的花絮里冲了过来，还没等父亲回过神，瞪着铜铃般血红眼睛的公牛，便如脱弦之箭，打查干的马身边飞速掠过。查干的马长嘶一声，将查干连同马鞍一起掀翻在地，狂奔而逃。狂怒的独牛，则仍像山洪暴发，低着头，弃下滚在草地上的查干，紧追受惊的奔马而去。

和独牛遭遇的过程，是在瞬间完成的，查干因此瘸了一条腿，父亲好长一段时间惊魂不定。

同粗犷的野牦牛一样，具备强大的承受力、耐力与勇气，能与酷寒、严霜、冰雪、飓风抗衡，成为活跃在空气稀薄之雪缘，令寂寞之大地星汉灿烂、威武雄壮，且又柔美异常的雪域主人，是高山之巅的雪莲。

诗人古马生活在甘肃兰州，他和同是甘肃诗人的杨炀数次来到青海，写了很多以青海为题的诗。其中的《幻象》是我最喜欢的。

积雪覆盖的岩石间
明月，幻化成蓬松而轻松的
天山雪莲

东一朵，西一朵
在清夜逡巡的雄性雪豹眼里

别有一朵，簌簌而动
像宽衣解带的女人

那热血窜动的豹子犹疑不前
在它身后
在它身后
投落雪地的树影
已然又斜又长，仿佛一条接人来去的小路

若是你来，你在何处
若是我去，我即通过豹的眼睛
看见你——

明月雪莲
赤裸着，走进我心里

在高原人心中，雪莲比任何鲜艳夺目的花朵都生动，她是圣洁、高贵的象征。在海拔3500 ~ 5000米的高度，如同一轮明月，悬挂在天上，绽放在平缓的山麓、潮湿的沙土间。

雪莲分布在世界各大洲，光我国就有几百种，大多生长在新疆、青海、甘肃。青海雪莲与其他地方的雪莲有所不同，周身披着纤细的茸毛，形似海中漂浮的水母。

在贫瘠的高山峡谷，雪莲的柔软与砾石的粗糙，形成了强烈的反差，可彼此之间又相互温存、相互依恋。雪莲，兴许是世界上最清高冷峻的植物，只有站在高山之巅与积雪相伴、与风寒搏击，才会露出恬静的笑容。雪莲，还是一位草原的守望者。当江河奔涌，水草丰腴，她天使般的微笑，便是灿烂的太阳；当河水断流，草木枯萎，她的沉默与孤独，便是张着嘴唇的岩石，焦渴、无力。

雪莲含有多种生理活性成分，全草入药的有七种，天山雪莲、水母雪兔子、喜马拉雅雪莲、昆仑雪莲、黑毛雪莲、丛生雪莲和棉头雪莲。具有散寒除湿、止痛、活血通经的作用，以滋补、保健、增强抵抗力为主要功效，大多生长于青藏高原及毗邻地区，素有“雪山人参”之称。尤其在藏医藏药上，雪莲作为药物已有悠久历史，藏医学文献《月王药诊》《四部医典》上都有记载。但是，我们珍惜她，不仅仅是因为她有用，还因为她是生命存在的极限，标志着永恒的生命力。

她告诉我们，人类不想失败，就得像一把火炬，一粒春天的种子，不要让抒情与创造分离，不要让信念失去信仰。

水母雪兔子

秋风渐进。积雪覆盖的岩石间，一朵罕见的水母雪兔子，如光影幻化的水母，柔软、轻盈，又似积雪中簌簌而动的玉兔，踮起脚尖，驻足望月。

水母雪兔子就是雪莲。不同的是，岗什卡雪峰的水母雪兔子既有植物的谶语，又有动物自由、可爱的天性。讲述这朵花的人，是谙熟青海高原植物的摄影师，同我一起寻觅野花踪迹的祁凯章。不知何时起，他已经由痴迷的“花粉”——全缘叶绿绒蒿的爱恋者，变为“雪粉”——水母雪兔子的狂热崇拜者。曾不止一次驱车上千千米苦苦寻觅，终于在四川境内的巴郎山，得以目睹芳容，并依据巴朗山下分布的植物种类，确定离西宁160多千米的祁连山东段，有水母雪兔子的仙踪。

作为爱花的人，难以割舍的，便是与奇异野花相逢的机缘，那是一种类似造访神祇的陌生感——相见恨晚、一见钟情的忧伤与甜蜜。

通往岗什卡雪峰的路，潮湿苍凉。沉沉云雾，紫气弥漫，巨大的山体静默神秘，暗藏威力。虽然过了花季，山下密布的灌木丛中，仍有鲜艳的虎耳草、雪绒花、紫堇、垂头菊轻轻点缀，深绿色的西藏雪灵芝满山满坡，蘑菇云一样飘落在粗糙的山地上。

海拔接近5000米。空气稀薄，视野中没有尽头，只有苍苍茫茫的云海。儿子到底年轻，没多少感觉，我已无法保持身体的平衡，头重脚轻，眼仁肿胀，呼吸困难。越往上走，能见度越低，几步之外，不见另一个人的身影。浓雾中，隐隐浮现的青石，狰狞可怖。未经雕琢的片麻岩、火山岩失去了刚柔相济的魅力。凯章一再嘱咐我和儿子，要记住上山的路。否则，迷了路，再碰到觅食的饿狼、棕熊，后果不堪设想。

我心生恐惧，身体如悬空一般，险些放弃上山的冲动。但是，见到水母雪兔子的渴望，如此执拗，竟让我鼓足勇气登上山顶，站在了海拔5000多米的云海下。那一刻，天空微明，含着忧愁，青色的世界里，冷气凝成豆大的雪，落在我颤抖青紫的嘴唇上。此外，便是静谧。深深的，无边无际的静谧。

许是我们的执着，让神灵有所眷顾。对面悬崖峭壁之上，一朵娇小的水母雪兔子，正以一片形同屏风的青色石块为避风之所，盛开在刀刃般锋利的流石滩。她的脚下是深不见底的万丈深渊，她的前方是嵯峨起伏的祁连山主峰，海拔5808米的疏勒南山团结峰。

为了看得更真切一些，儿子紧紧搂住我的腰，让我得以探出半个身子，离她近一点，再近一点。远观中，这朵奇谲瑰丽的花，身形妩媚，隽秀飘逸，数朵花序簇拥而就的花苞，端端正正落于菱形叶片裹就的宝座之上，浑身上下白雪似的茸毛精致、文气、干净。

或许，她是传说中经千年万年修炼，藏于砾石，脱了躯壳的精灵；或许，她是亿万年前，海洋退去时，遗留在高原上的海洋生物鱼、贝、海草的魂魄。投落雪地的影子，文雅又从容。

天阙之上，终于见到这朵只为自己盛开，不为取悦别人的花。我表面平静，内心却激荡着滚滚波澜。又一次觉得，银光熠熠、紫气蒸腾、冰冷寒凉的岗什卡雪峰，是飘溢着薄明、夜与神秘的青色世界。

扑哧哧，一只青色的鸟，贴着云层飞驰而过，消失在云雾里，恍若西王母的青鸟，飞进了水晶宫。那是乘八骏之车前来西征的周穆王与美目流盼的西王母情意绵绵、言辞凿凿的相会之地。

山野的慷慨接纳了水母雪兔子的沉静之美，也让我的身心，在这一刻浸透了不为欲望束缚的纯净之气。就在这时，一股强烈的气味由远及近。缺氧多雾的雪山上弥漫起山岚瘴气，看来，与这朵野花的缘分仅限于此。

作为世俗之人，并不具备飞行的体力和智力，也不可能像青鸟，时时缠绵在她身边。今天，能够以一颗纯净、谦卑之心，欣赏到她尊贵的容颜，已是莫大的幸福。

白雪纷纷扬扬。我紧紧拽住儿子的手急速下山。一路上，那朵披雪而立、典雅生动、孤寂而天真烂漫的花，一直在我眼前浮现。

岗什卡雪峰远近闻名。峰峦起伏，冰川耸立，高寒阴冷，气候瞬息万变。虽为流石滩地，草木清浅，甚至少有植物生长的土壤。但，粗粝无光、面目丑陋的流石间、玲珑的雪花里，水母雪兔子在寒夜里、星月下满足的微笑，足以使这座雪域高峰，光彩耀目、饱含温情。地球上，有生命、有爱心的绝不仅仅是人类，有精神、有气象、有理念的也绝不仅仅是人类。动物、植物与人类有许多普遍的东西、共同的特质，都有权利以自己的方式追求生命的完美。只是生活环境、个人修养的巨大差异，使我们忘却了生物间的平等与关联。

在我凝神静气，观望这朵被山水精华赋予灵性的奇妙花卉时，就像在观望自己，永远观望着自己的自己。在设身处地为挺立在雪山之顶，不为奔命，不作他想，不急不躁，只为遥望的生命着想时，也在为自己微弱的存在着想。

在雪山之顶，考验生命的地方，与这样的一朵野花相遇，是人生中的大事。除尊贵、无瑕、清高，她的仙道之力，严酷环境下的从容淡定、款款柔情也给了我无尽思量。

山脚下，清泉迸裂，河水滔滔。摄影师在拍照，我坐在青石上发呆。儿子果果踱来踱去，为的是在河床边选一枚心仪的石子。

在当地藏人心中，水母雪兔子被赋予神的含义，他们从不忍心把她摘下来据为己有。“梅朵岗拉”，汉意为雪山上的花、雪山上的神，是对这朵野花的尊称。

秋天的青藏龙胆

深秋时节，北风呼啸。萧瑟的季节即将来临，大多数野生植物已经完成了使命。环顾四周，禾草随风飘动，褐色的干枝就在身边。结对飞过的鸟儿，遥遥相望，为自己的及时离去发出一声叹息。

就在我准备对自己寻觅野花的过程，做一个类似幼稚而冒险的小小总结时，两朵对于我的存在，对我欢喜野花这件事，无丝毫察觉的青藏龙胆，像曾经热烈又即将完结的爱情，在秋天的风中，在海拔4000多米的高山草甸，相互依偎，静静开放。

天空湛蓝，无一丝云彩，青藏龙胆像两个蓝幽幽的精灵。

有人说过，比哲学深邃的是蓝天的蓝。那么，比蓝天更蓝，更有思辨力的，应该是生命力极其顽强，为生存条件、为寂寥中的大地不断变化着的高原野花吧！

秋天的诗总是让人感物伤怀。在我眼里，秋天的青藏龙胆就是一首吟诵秋天的诗，不会因草荒、花衰、叶败显出疲惫之色，失去自己的尊严。

向南迁徙的雁阵飞过，向西越冬的天鹅飞回。

生命轮回，一场大雪就在眼前。

冰霜无孔不入渗进高原土地，浸入所有植物。每一种植物都小心翼翼地缩小自己，包裹住自己，期望与严寒抗争。丛生植物柔子草枝条密集，茎节变短，以减少风吹阻力，保持水分温度；莲座状叶子的全缘叶绿绒蒿，葶苈属、虎耳草属、兔儿草属植物，用力伸长纤细的匍匐茎，伏于地面保护自己；旱生形态特征的红景天属，增加肉质，以抵抗风寒；弱小的火绒草、水母雪兔子披上了厚而细密的茸毛；藏波罗花则尽可能扩大花器，用鲜艳的颜色展示自己傲视苍穹的魅力。

还有一些植物，在芳华已逝、彻底枯萎的同时，又升华为一种新的生命形态。虽然看不到，却让我在令人窒息的静谧中，感到了掩埋在地下、藏于层层落叶中，结结实实的种子发出的铿锵之声。

她们在等待，在等待。度过寒冬腊月，躲过冰雪风暴，再次唤醒生命，释放能量，将森林、森林中的鸟儿，引向新的一年。

有时，人总是在自作多情，以为每一朵花的盛开都与人类有关，实际上这是一种极幼稚的想法。谁能想到，青藏龙胆是龙胆属下的多年生草本植物，是一种能在秋天，甚至冬日枯黄的草丛中临风开放的花。

她朴实淡雅、深邃幽静。她独自开放，浅斟慢酌。她无须哀怜，也无所谓自卑。在广阔的世界，在离天最近的荒漠高原，她也许微不足道，非常渺小，却如道禅哲学强调“万物一齐，诸法平等，不要用知识去剥夺世界的意义，而是将被人的知识剥夺的世界意义还给世界”一样，是心如自在，是不会因人的存在而存在，不因人的评价而改变的气象。

唐朝诗人王维云，“古木无人径，深山何处钟”，“青苔石上净，细草松下软”，人已淡去，空花自落，细草芊绵。当人放下自我，在世界的河流中自在回味，你就会在这朵微弱的小花之中，发现一个宇宙，一个有意义的世界。

青海青，黄河长，青海的高山和草地是野花的天堂。

我相信，古老的青藏龙胆在秋季，在冬季，与冰雪做伴，是为了度过漫漫长夜，与早春的鳞叶龙胆相会，完成生命周期的又一次轮回，回到原点，回到生命之本源。

后记

青海省位于我国西部，是青藏高原的一部分，其大地构造、地貌形成、演化历史和整个青藏高原的一致。境内西北—东南走向的高大山系和巨大的山间盆地相间排列，分为 3 个不同的地形区——东部及北部平行岭谷区、西部柴达木区和南部青南高原区。主要山系自北向南依次为阿尔金山—祁连山系，东昆仑山系及其三列支脉布尔汉布达山、阿尼玛卿山、巴颜喀拉山和南部的唐古拉山系。如此巨大的山系和深切河谷为野生植物的生长创造了优良的环境，使青海成为野生植物丰富、生物多样化明显的区域。

《高原野花》，记录的是我利用 3 年时间，从青海海拔 1900 米的民和天井峡，一路向西，至海拔 5000 多米的可可西里无人之地，一路沿途寻觅野花、认识野花、感知野花的过程。

我是青海人，从小生活在青海，对青海的山水、草原、野花有着深厚的感情。同时，由于从小生活在父亲工作的单位中科院西北高原生物研究所，身边有很多从事高原生态研究的生物学家，耳濡目染，对青海高原的生物，又多了几分渴望了解与探究的好奇心。在寻觅野花、认知野花的过程中，我常常被青海难以计数、姹紫嫣红的野花震撼，为青海野花顽强的生命力感动，我为自己不是一个研究植物的学者深感遗憾，更为自己浅显的笔力，不能为我热爱的大自然及野花淳朴、天然、坚强的品格纵情讴歌、抒写而忧心忡忡。

20世纪90年代，科学的意识已然强大，各个学科都在寻找规律。比如，地理学家讨论的焦点，已经不是寻找所有地区都有的地形地貌，而是去关注那些特殊的地貌地形状态。很多人认为，研究哪里都存在的一般规律的地理学研究只能算作最初步的研究，已无法满足科学家的好奇心。地理学家们真正感兴趣的是那些谁都没见过，谁也不知道的地形地貌。因为，只有从这样的研究里才能找到一些新的东西，才能了解到大家都不知道的信息，用以建立新的知识体系。

青海野生植物的采集和研究大约起自100多年前，除了俄国探险家尼古拉·普热瓦斯基，我国的秦任昌、郝景盛、王作宾、刘继孟教授等老一辈植物学家也曾多次来青海考察。中华人民共和国成立后，中国科学院、青海省科学技术委员会、中国科学院生物研究所组织了几十次侧重面不同的资源植物、森林、草地、植被及植物区系等学科考察，积累了十几万份标本，记载了青海被子植物中鹿蹄草科、菊科等共计29科195属700种和75亚种及变种，为青海植物学的研究奠定了基础。

面对如此重大的科学成就，作为一个生活在这片土地上的作家，我心中喜悦，情难自禁。也许，青海野花的特殊性就在于此，她使更多的人放眼世界，重视普遍性和特殊性的关系，并通过寻找差异，达到另外一种普遍性的规律，即世间万物的内在法则，相互依存，各从所好。

面对白雪落在蓝花上的纯洁无瑕，面对夏日繁花似锦的茫茫草原，我总是难掩欣喜，如果可以，我希望用更加朴实、鲜活、动人的语言，将这些曼妙芬芳的花朵表达出来，给青海人，给我热爱的故乡、高寒贫瘠的缺氧之地，带来美丽与温柔。

感谢帮助我在写作中成长的中国作家协会、青海省作家协会，感谢一直鼓励我写作的良师、家人、朋友，感谢促使我完成这些文字的出版人凌翔先生、陪伴我跋山涉水的摄影人祁凯章先生，还要感谢“绿手指”内容资源部刘志敏主任和责任编辑周婧对我的信任和对这本书的精心编辑。

期待这部作品，能得到那些热爱自然，呵护自然，在自然中不断寻求、探索生物生存经验的读者们的喜爱。

辛茜

2019 年 5 月 24 日

图书在版编目（CIP）数据

高原野花 / 辛茜著 . — 武汉：湖北科学技术出版社，
2019.9
（名家植物手记系列）
ISBN 978-7-5706-0685-6

Ⅰ. ①高… Ⅱ. ①辛… Ⅲ. ①散文集－中国－当代
Ⅳ. ① I267

中国版本图书馆 CIP 数据核字 (2019) 第 080030 号

责任编辑：张丽婷　周　婧
封面设计：胡　博　陈　帆
插　　图：周一凡
督　　印：朱　萍
责任校对：傅　玲

出　　品：湖北绿手指文化科技有限公司
出版发行：湖北科学技术出版社
地　　址：武汉市雄楚大街 268 号（湖北出版文化城 B 座 13~14 层）
邮　　编：430070
电　　话：027-87679468
网　　址：www.hbstp.com.cn
印　　刷：武汉市金港彩印有限公司
邮　　编：430023
开　　本：700 × 1000　1/16　13 印张
版　　次：2019 年 9 月第 1 版
印　　次：2019 年 9 月第 1 次印刷
字　　数：170 千字
定　　价：49.80 元